逃出這本書 1

沉船求生記

這本書根據的是真實事件……但你可別誤會，這不是歷史書！為了讓你進入這個驚心動魄的故事，書中融合了關於鐵達尼號的事實以及虛構的情節。如果你想深入挖掘鐵達尼號的真實故事，可以先翻到這本書最後幾頁的逃脫大師檔案。

你在這裡做什麼？
把舷梯消失的部分畫出來，
然後上船吧！

逃出這本書1

沉船求生記

文／比爾．道爾

圖／莎拉．賽克斯 和 你

譯／謝靜雯

這是一本虛構的作品，除了知名的歷史人物以及鐵達尼號的相關資料，書中的故事、對話，包括角色，都是作者創造出來而非真實存在。為了配合情節需要和閱讀樂趣，許多真實事件及人物會在故事中穿插出現，但畫面和對白會加入想像設計，而不是按史實描繪。如果這些創造出來的情節跟某些現實事件相符，則純屬巧合。

知識讀本館

逃出這本書1 沉船求生記

ESCAPE THIS BOOK! TITANIC

作者｜比爾・道爾 Bill Doyle　繪者｜莎拉・賽克斯 Sarah Sax　譯者｜謝靜雯
責任編輯｜戴淳雅　特約編輯｜堯力兒　美術設計｜李潔
行銷企劃｜劉盈萱

天下雜誌群創辦人｜殷允芃　董事長兼執行長｜何琦瑜
兒童產品事業群
副總經理｜林彥傑　總編輯｜林欣靜　版權主任｜何晨瑋、黃微真

出版者｜親子天下股份有限公司　地址｜臺北市104建國北路一段96號4樓
電話｜（02）2509-2800　傳真｜（02）2509-2462　網址｜www.parenting.com.tw
讀者服務專線｜（02）2662-0332　週一～週五 09:00~17:30
讀者服務傳真｜（02）2662-6048　客服信箱｜parenting@cw.com.tw
法律顧問｜台英國際商務法律事務所・羅明通律師
製版印刷｜中原造像股份有限公司
總經銷｜大和圖書有限公司　電話（02）8990-2588

出版日期｜2020年 7 月第一版第一次印行
2023年 2 月第一版第九次印行
定價｜280元　書號｜BKKKC151P　ISBN｜978-957-503-623-2（平裝）

訂購服務
親子天下 Shopping｜shopping.parenting.com.tw
海外・大量訂購｜parenting@cw.com.tw
書香花園｜台北市建國北路二段6巷11號　電話（02）2506-1635
劃撥帳號｜50331356　親子天下股份有限公司

立即購買 >
有聲故事書

國家圖書館出版品預行編目資料

逃出這本書1 沉船求生記 /
比爾・道爾 Bill Doyle 著；
莎拉・賽克斯 Sarah Sax 繪；謝靜雯譯.
-- 第一版. -- 臺北市：親子天下，2020.07
192面；17 x 21.8公分. --
譯自：ESCAPE THIS BOOK! TITANIC
ISBN 978-957-503-623-2(平裝)

874.596　109007436

獻給里卡多・沙莫納

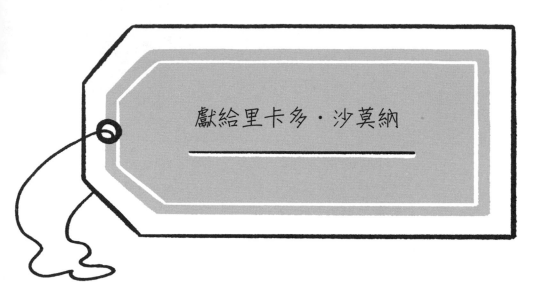

你好，我的新朋友！
在我向你說明之前，
你必須知道一件事……

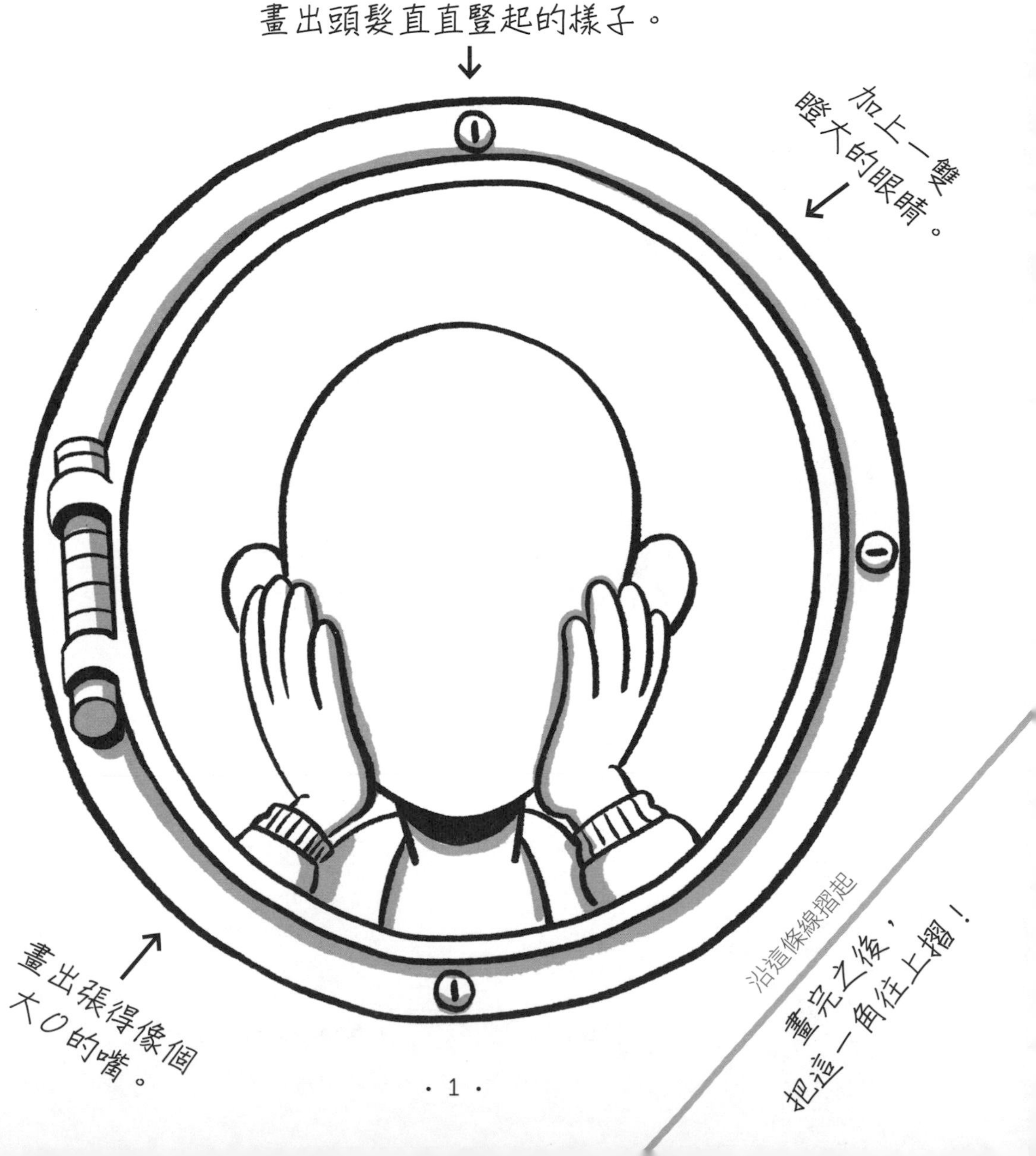

畫出頭髮直直豎起的樣子。
加上一雙瞪大的眼睛。
畫出張得像個大O的嘴。
沿這條線摺起
畫完之後，把這一角往上摺！

你被困在這本書裡……而這本書就是鐵達尼號！

再翻過幾頁，冰山就會狠狠撞擊這艘史上有名的英國郵輪鐵達尼號，海水將會翻騰湧入……你能不能在船沉到北大西洋海底之前，平安逃出去呢？

你問我是誰？拜託！大家都認識我，我是全世界最偉大的逃脫大師，我正想要找一位助理跟我一起挑戰一項非常特別的任務。如果你成功逃離這艘船，證明自己的能力，我就會跟你多說一些，包括我的名字，要不然你只是在浪費我的寶貴時間！

我派出了我的寵物囊鼠阿米卡斯，在你歷險期間充當我的耳目。牠是個偽裝大師（當然沒我這麼厲害！），不過你要畫出來才看得到牠。必要時我會讓你知道，牠就在你身邊，好讓你能找到牠！

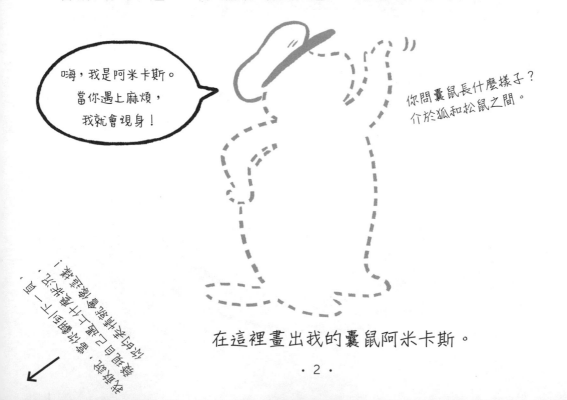

嗨，我是阿米卡斯。
當你遇上麻煩，
我就會現身！

你問囊鼠長什麼樣子？
介於狐和松鼠之間。

在這裡畫出我的囊鼠阿米卡斯。

我敢說，當你翻到下一頁，
發現自己遇上什麼狀況，
你的表情就會像這樣！

為了活下去，你必須塗鴉、破壞、決定自己該往哪裡去。當你準備塗鴉和破壞時，一枝削尖的鉛筆或原子筆可以幫忙你「穿透」頁面。現在就試試以下三個快速挑戰，練習你的逃脫技術吧！

快破壞！

快速挑戰1

當我告訴你要撕扯、壓摺或揉皺頁面的時候，請不要猶豫，因為分分秒秒都很重要！

桅杆瞭望臺可以讓船上的瞭望員發現前方可能的危險，你要怎麼上去那裡呢？瞭望臺的高度大約在甲板上方的15公尺！

沿著虛線撕開，然後將紙片從灰線的位置往上摺，毀掉這個完美的頁面吧。

快塗鴉！

快速挑戰2

鐵達尼號會在 1912 年 4 月 14 日晚間 11： 40 撞上冰山， 並且在 2 小時 40 分鐘過後沉沒。

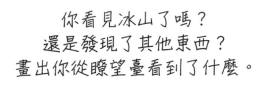

你看見冰山了嗎？
還是發現了其他東西？
畫出你從瞭望臺看到了什麼。

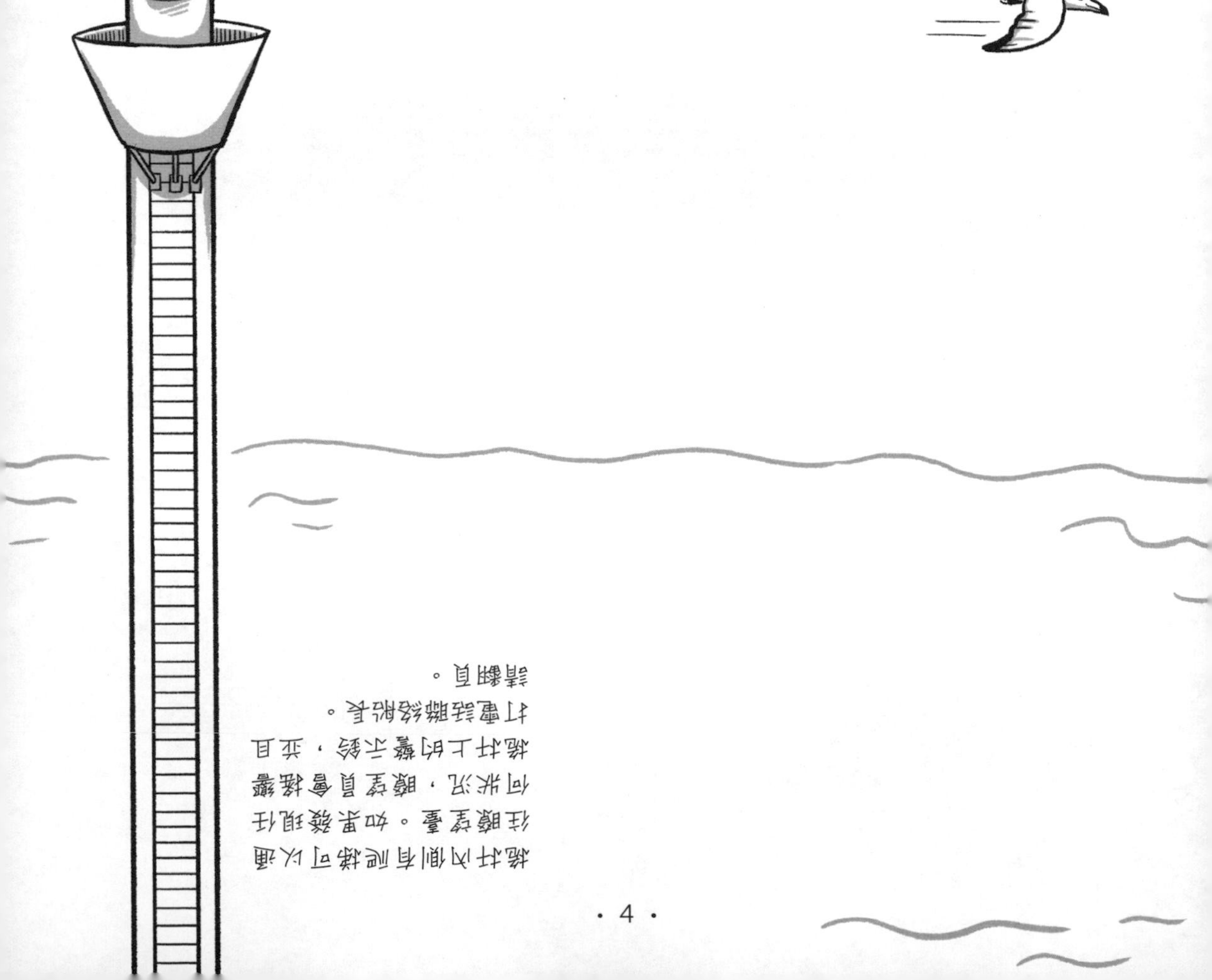

桅杆內側有爬梯可以通往瞭望臺。如果發現任何狀況，瞭望員會搖響桅杆上的警示鈴，並且打電話聯絡船長。

請翻頁。

做決定！

快速挑戰3

你需要迅速做出正確的判斷和決定，才能夠脫離險境。你對鐵達尼號認識得越多，就越容易下決定。幸好，我將自己的歷險過程留下詳盡的紀錄；所以幸運的你可以翻到這本書後面，找到「逃脫大師檔案」，那裡有許多有用的資訊。

鐵達尼號有將近3個足球場加起來那麼長，總共有三千多人花了3年時間打造。

在1912年，鐵達尼號是世界第一的豪華郵輪。

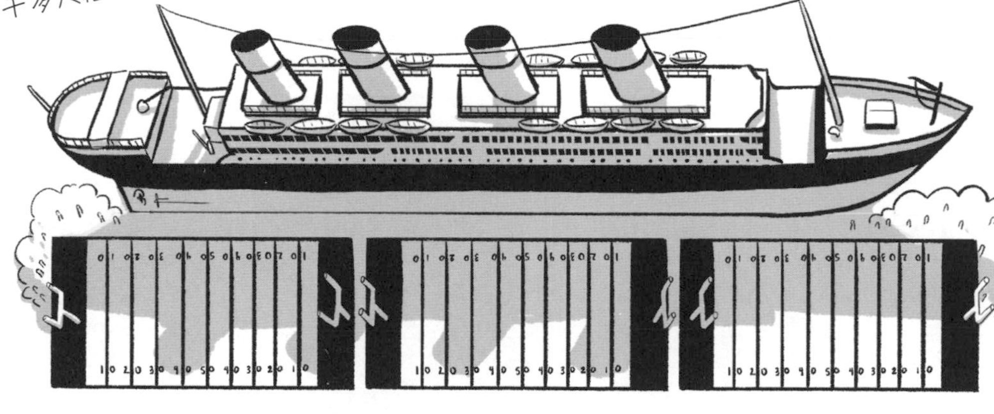

只要看到這個檔案夾圖案，就照著頁碼翻到我的逃脫大師檔案！

現在試試看，做出第一個決定吧！

如果你想在開始前，對鐵達尼號多認識一些，請翻到第175頁。
如果你覺得自己已經知道得夠多，就翻到下一頁。

太棒了，你已經掌握了基本規則！

看來你已經準備好了。接下來，你要挑選想扮演的角色。在你做出選擇前，先看看誰是鐵達尼號的倖存者……你挑選的角色存活機率越低，你要面臨的挑戰就越大！

旅客種類	存活機率
頭等艙乘客	61%
二等艙乘客	42%
三等艙乘客	25%
船員	不到25%
偷渡客	無法確定

抱歉，沒人知道確切的數字，包括我在內。

頭等艙迎來了全世界最富有的一些人，包括銀行家、政治家、職業運動員、商人……還有梅西百貨公司的大老闆伊西多·史特勞斯以及他的妻子依達。

很多三等艙乘客都期待到美國展開新生活。例如有位農夫來自英國倫敦郊區，他想到佛羅里達州種胡桃；還有準備移居到紐約的谷德溫一家八口，谷德溫先生計劃在當地的發電廠找工作。

決定好要扮演誰了嗎？

選出一個畫了線的空白處，寫上你的名字。

乘客：翻到第56頁

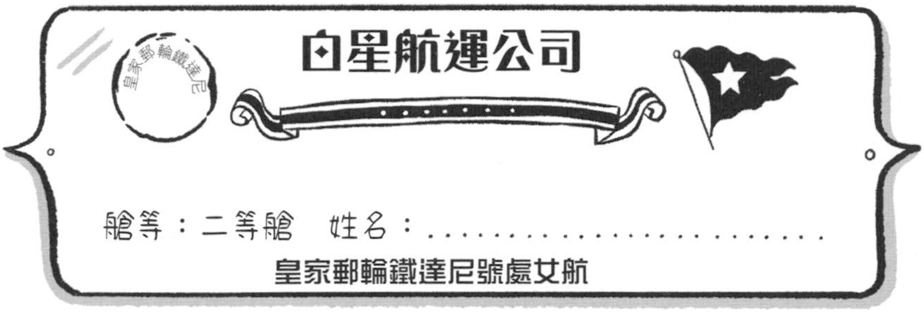

船員：翻到第114頁

偷渡客：翻到下一頁

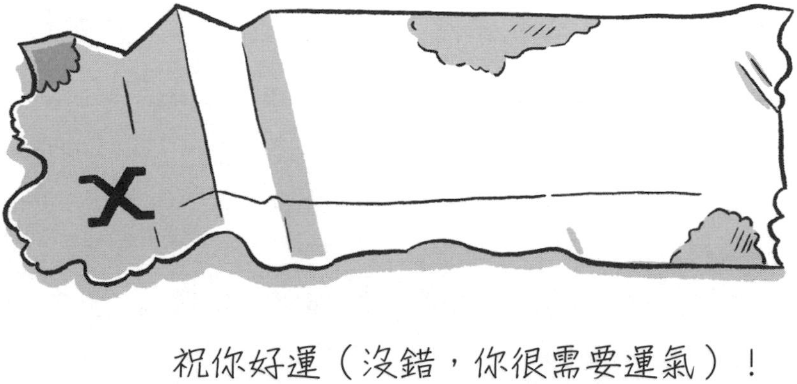

祝你好運（沒錯，你很需要運氣）！

偷渡客逃脫行動

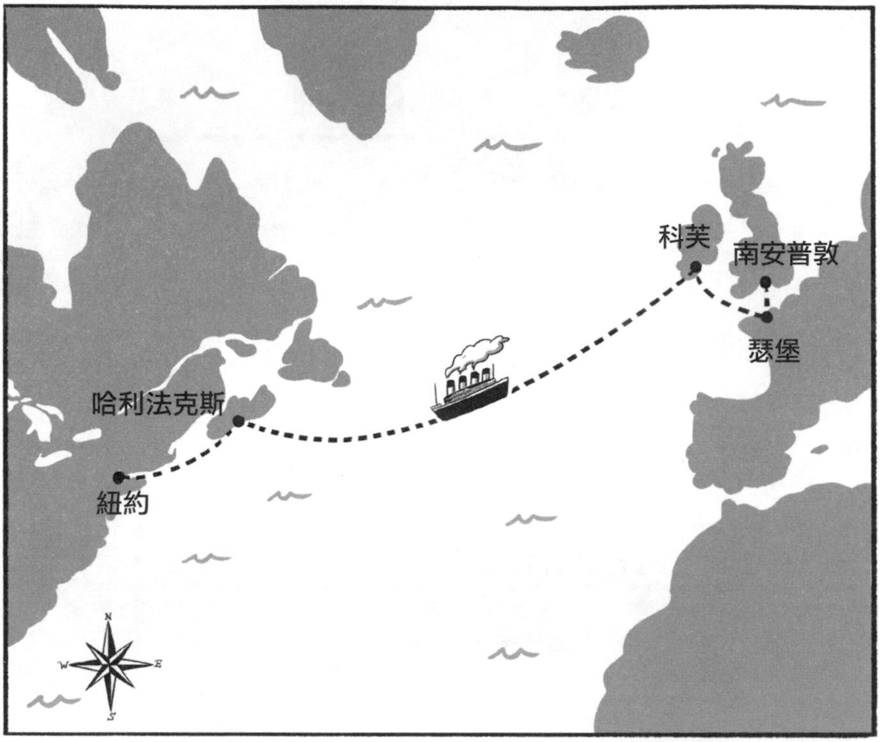

鐵達尼號的預定航行路線

記得要翻到檔案夾上寫的頁碼，獲得更多資訊！

你挑了偷渡客的身分？你的旅程將會險象環生。事實上，沒有人能確定失事的鐵達尼號上是否有偷渡客；就算有，也沒有人清楚他們是否活了下來。不過我想，冒這個險對你來說是值得的。畢竟你是來自北英格蘭的孩子，家族裡有一半的人都在煤礦場工作；無論如何你都想脫離貧困。如果你能到美國波士頓投靠表親，或許能過溫暖而飽足的生活。

前往下一頁。

鐵達尼號的三等艙船票（換算成現今幣值，大約要美金 350 到 900 元*）對你來說多麼遙不可及！所以……

1912 年 4 月 10 日中午，就在鐵達尼號準備要離開英格蘭的南安普敦港，展開它的首航 —— 也是唯一的航程前，你悄悄溜上船。這不是什麼難事，因為當時大約有 10 萬人聚集在碼頭上，開心的歡呼、揮舞手帕、高唱《統治吧，大布列顛！》。

*目前大約1美元可以兌換30元新臺幣。

請看下一頁。

「即將啟航，非旅客請一律上岸！」乘客的朋友和家人可以登船道別，但現在鐵達尼號即將啟航，所有沒購票的人都必須離開。等會兒船上的工作人員會要求查看船票……你最好快躲起來！

用原子筆或鉛筆以最快的速度穿過人群。
小心，別讓任何人看到你！

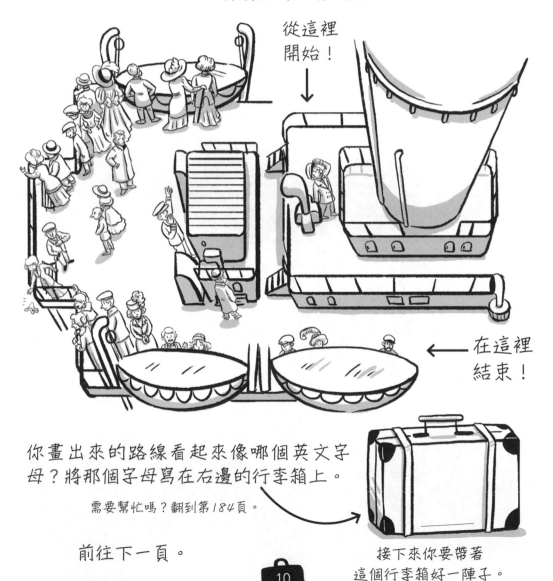

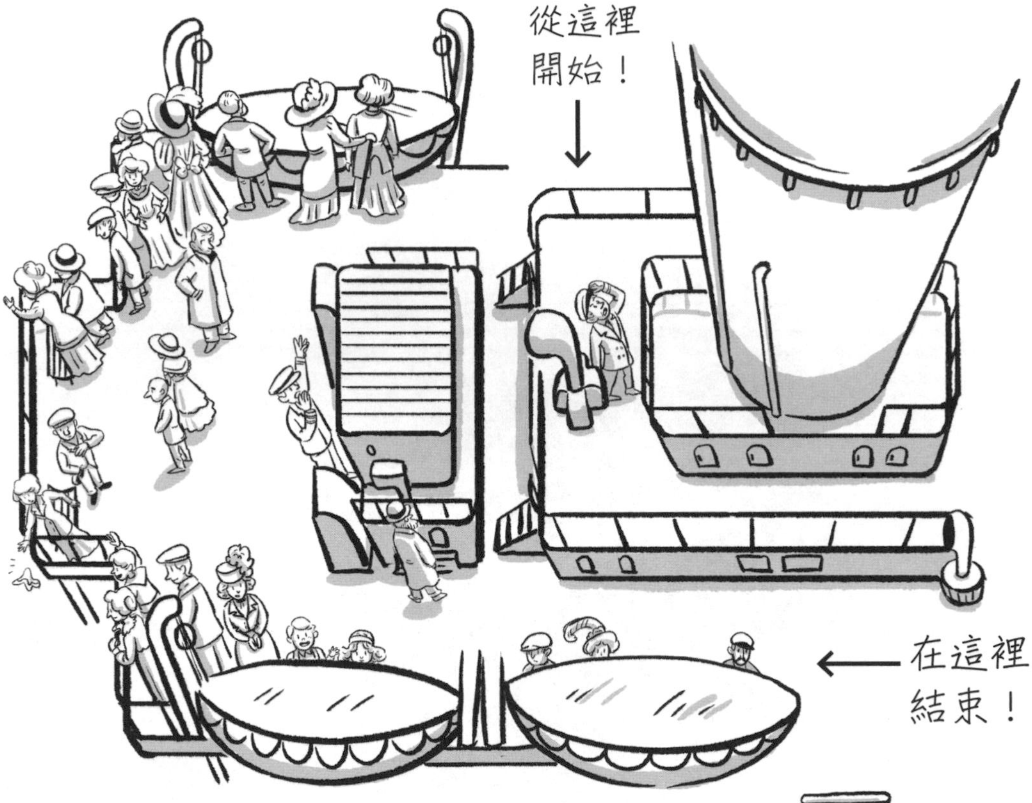

你畫出來的路線看起來像哪個英文字母？將那個字母寫在右邊的行李箱上。

需要幫忙嗎？翻到第184頁。

接下來你要帶著這個行李箱好一陣子。

前往下一頁。

太棒了！現在……這艘船預計要花七天時間才抵達紐約市，你需要找個能藏身的地方。鐵達尼號大約有 269 公尺長、28 公尺寬、31.7 公尺高（從船底到指揮駕駛室頂部）。不用擔心找不到地方躲。

你會躲在指揮駕駛室（船上的控制中心），
或是某一艘救生艇裡頭？跟著數字將點點連成線，
就能看到我的提示。聽我的話，我可是逃脫大師！

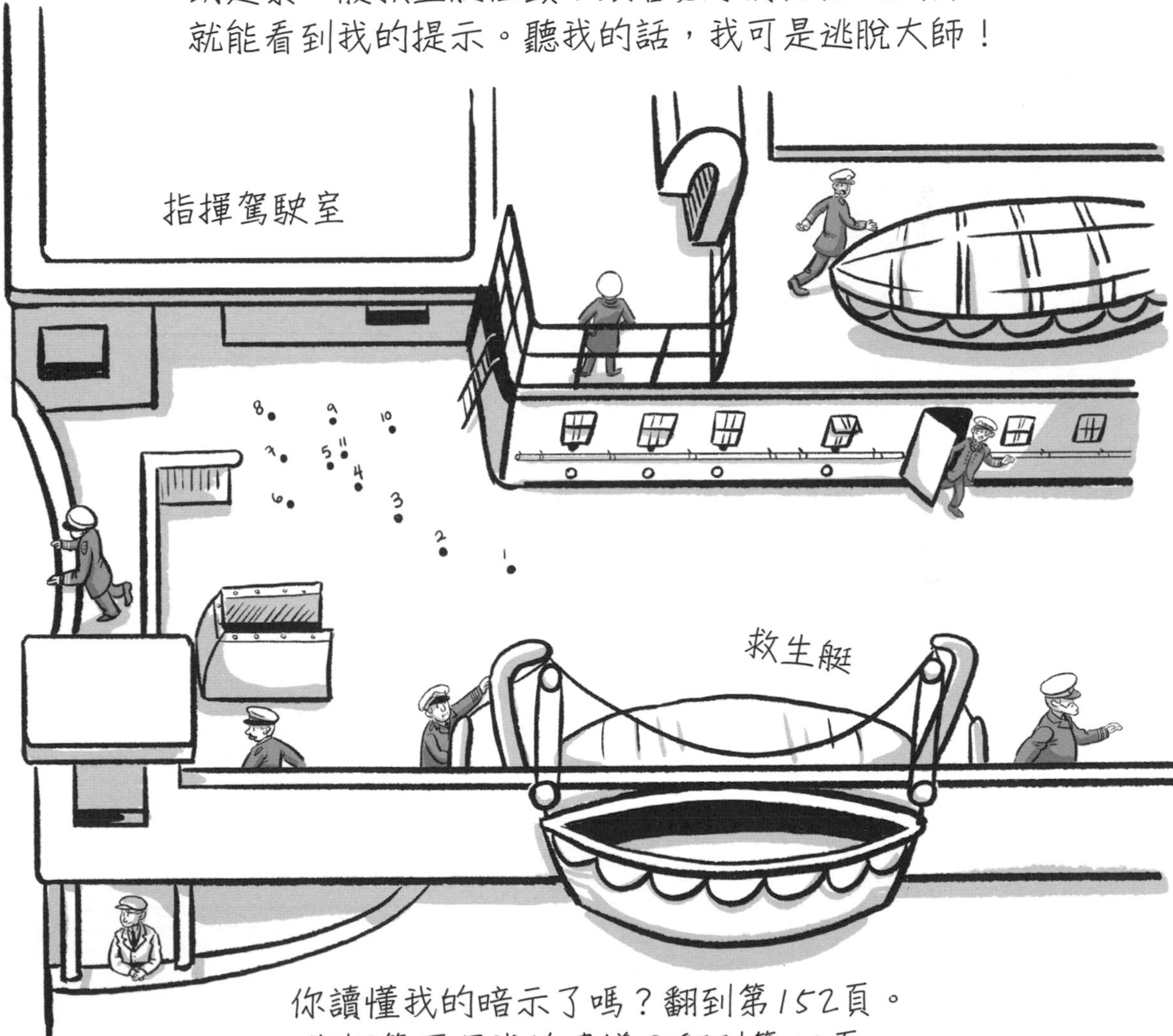

你讀懂我的暗示了嗎？翻到第152頁。
你打算不理我的建議？翻到第13頁。

你擠到外頭的甲板上，滿腦子只有該怎麼活下去。有幾艘救生艇已經在往下降，根本還沒坐滿！

你推擠過人群，跳向往水面降到一半的船。衝擊的力道撞得船一翻，你和救生艇上的其他人都狠狠摔進冰冷的海水裡。你沉到海面下時，忍不住想著，要是自己當初決定去救閃電，會怎麼樣呢？

故事完結

試試更快樂的結局。
回到第151頁，
做出不同的決定吧！

你決定要躲在救生艇裡。好吧，也許你到最後還是逃得出去，我等著看。

你小心的走著，順便數了救生艇的數量……只有 20 艘，這樣不夠啊！船上有大約 2200 個人，要是出事，大概只有一半的人能夠坐上救生艇！

你將蓋著救生艇的篷布拉開一點點，好悄悄溜進去。你躺在黑漆漆的船底，終於能稍微放鬆了。現在你唯一聽到的，是你的肚子正咕嚕咕嚕叫。

篷布的另一頭突然被掀開！你被逮到了嗎？

原來是兩個小孩，一男一女，他們扭著身子鑽進救生艇的尾端。你小聲說：「哈囉？」片刻之後，女孩回答：「Tranquillo, sciocco!」（安靜啦，呆瓜）。

那是義大利文……而且還滿沒禮貌的！我想她剛剛在罵你笨！

轉移一下被冒犯的壞心情，幫這艘救生艇取個名字吧，
你可以把名字寫在這裡。

前往下一頁。

我想那兩個小孩不會說英文。不過……他們是偷渡客，還是在玩捉迷藏的乘客？無論如何，鐵達尼號容納得了他們。事實上，除了乘客住的房間，船上的救生艇也有分大小，你現在躺著的這一艘可以容納 47 個人。

你伸展了一下雙手雙腳，再次冷靜下來，但突然……有個毛茸茸的東西蹦蹦跳跳越過你的腦袋！那是尾巴嗎？是大老鼠嗎？還是小狗？

這裡暗到看不清楚。不過你可以畫出剛剛經過你的那隻動物。或許我可以幫你弄清楚是什麼東西……

前往下一頁。

啊！這真是太可怕了！你必須馬上離開這艘救生艇。還有，你必須找東西吃。

你要先確定外頭沒人，才能離開救生艇。先從救生艇跟篷布之間的縫隙往外看。你有看到可能會阻擋你的人或東西嗎？

把你看到的畫在這裡。
畫完之後，沿著虛線撕開這一角，然後往上摺起。

不管外頭是誰，你都必須把他支開，才能從救生艇裡出來。

看見甲板另一頭的鈴了嗎？畫出你想用彈弓發射的東西，然後瞄準那只鈴，一旦鈴聲大作，就能轉移大家的注意力！

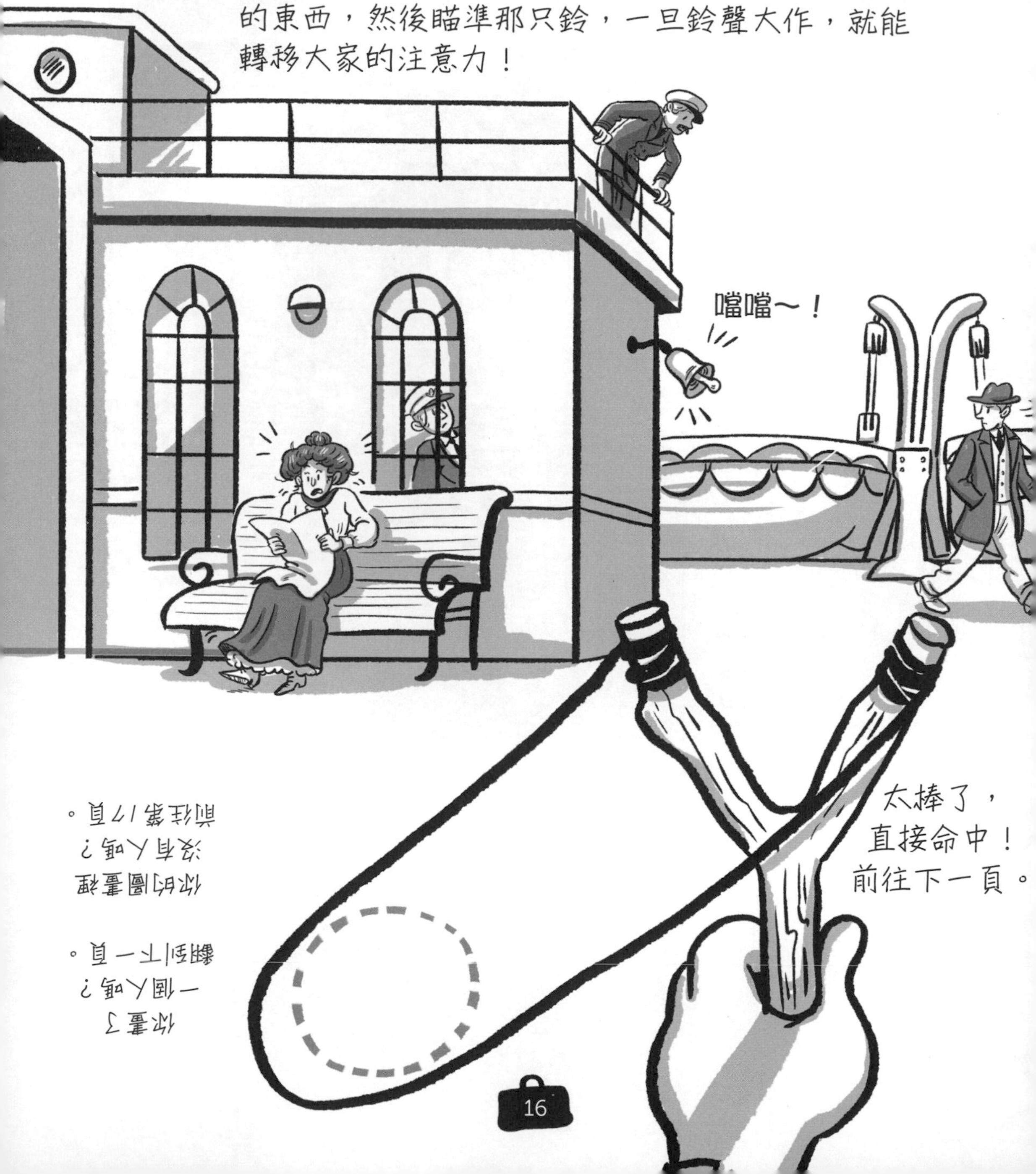

太棒了，
直接命中！
前往下一頁。

你畫了
一個人嗎？
翻到下一頁。

你的圖畫裡
沒有人嗎？
前往第17頁。

現在甲板淨空了！ 你溜出救生艇…… 可是接下來要去哪裡？ 你還來不及決定， 就聽到有人說話的聲音， 於是縮起身體躲進角落裡。

有三個人在你附近停下腳步， 他們正在爭論某件事。 可是風聲讓你聽不清他們到底在說什麼。

嘿，我認識他們！

他是約瑟夫・布魯斯・伊斯梅，白星航運的董事長兼總經理，白星就是擁有鐵達尼號的公司。

這是史密斯船長。他一臉憂心，將手裡的紙條遞給伊斯梅先生。

這是誰？糾察長嗎？如果他是，那麼他負責的是保全工作以及追捕偷渡客……就像你！

前往下一頁。

「船長，請不要將船減速。」伊斯梅先生下令。他幾乎看也不看紙條就一把撕掉，將碎紙塞進自己的口袋裡。他轉身走開時，其中幾片掉到地板上。你好奇的悄悄走過去，撿起那些碎紙片。

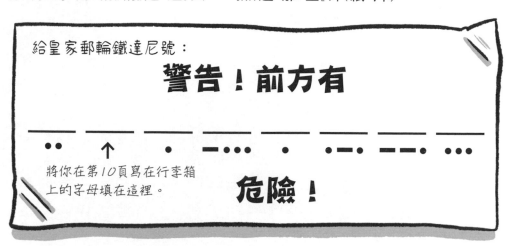

給皇家郵輪鐵達尼號：

警告！前方有

____ ____ ____ ____ ____ ____ ____ ____

●● ↑ ● ▬●●● ● ●▬● ▬▬● ●●●

將你在第10頁寫在行李箱上的字母填在這裡。

危險！

這是無線電報，也就是透過無線電發送的訊息。1912年，很多船隻都是用這種方式彼此溝通。發送無線電報的設備並不是直接傳送字母或文字，而是利用摩斯電碼，也就是一系列點 ● ● ● 與劃 ▬ ▬ ▬ 的組合來代表不同的字母。很有意思吧？

上面的紙條中少了幾個字母。你能將它們找出來嗎？

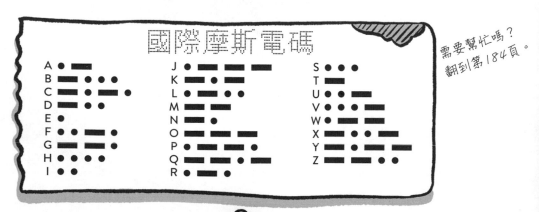

國際摩斯電碼

A	●▬	J	●▬▬▬	S	●●●
B	▬●●●	K	▬●▬	T	▬
C	▬●▬●	L	●▬●●	U	●●▬
D	▬●●	M	▬▬	V	●●●▬
E	●	N	▬●	W	●▬▬
F	●●▬●	O	▬▬▬	X	▬●●▬
G	▬▬●	P	●▬▬●	Y	▬●▬▬
H	●●●●	Q	▬▬●▬	Z	▬▬●●
I	●●	R	●▬●		

需要幫忙嗎？翻到第184頁。

前往下一頁。

你讀完訊息倒抽一口氣。冰山會對鐵達尼號造成危險嗎？沒有什麼能撞沉這艘世界上最強大的船不是嗎……這怎麼可能？

呃……你真的想聽我回答這個問題嗎？

等等。你看到兩個人越走越遠，還有一個呢？糾察長還在這附近，他隨時有可能逮到你！

你溜回有陰影的角落裡，等著太陽下山。你覺得渾身發冷，想像如果能在這裡搭個帳棚、好好睡一覺該有多好。別忘了還要升火煮點吃的！

在下面畫出你的帳棚。然後翻到下一頁。

太棒了！ 可惜那頂帳棚不是真的。 幸好就在你忙著畫帳棚的時候， 糾察長已經走遠了。

現在別再拖拖拉拉， 該找真正的床了。 鐵達尼號能載 3500 人， 但參加處女航的乘客和船員， 共只有 2200 人， 所以船上應該還有空的客房。

在陰影的掩護下， 你悄悄爬下一段階梯， 發現自己站在你見過最美的走廊裡。 這裡是 B 層甲板， 主要提供頭等艙乘客使用。 你腳下踩著軟綿綿的厚地毯， 難以相信有人會穿著髒鞋子走在上頭。

明亮的壁燈加上亮晶晶的鏡子照亮了走廊。 你隨時都會被人看見！ 你應該要躲好， 也許可以躲進走廊兩側的其中一間客房裡。

你輕輕敲響離你最近的一扇門…… 如果裡面傳來腳步聲，你準備拔腿就逃。沒有任何回應，這間客房是空的嗎？你蹲低身子，往鑰匙孔裡瞧。

用你的原子筆或鉛筆尖戳進鑰匙孔。你看到什麼了？
就我看來好像是星星。
你決定要進去嗎？

如果是，翻到第23頁。
如果不是，翻到第24頁。

叫聲把糾察長引來了。 他肯定一直在追蹤你，因為他轉眼就抵達這間客房！

翻到第130頁。

這道門沒有上鎖，你打開一條縫擠進去，發現一個穿著月亮星星圖案睡衣的男人。他火冒三丈，準備大叫了！

噢！我看不到。你能不能畫出他的表情？

畫完之後，
請到第22頁。

你覺得不太對勁，所以沒進那間客房。況且，或許有人正在跟蹤你。最好繼續前進！

那是糾察長的影子嗎？把他畫進走廊裡。
（還記得他的長相嗎？你可以翻回第17頁回想一下。）

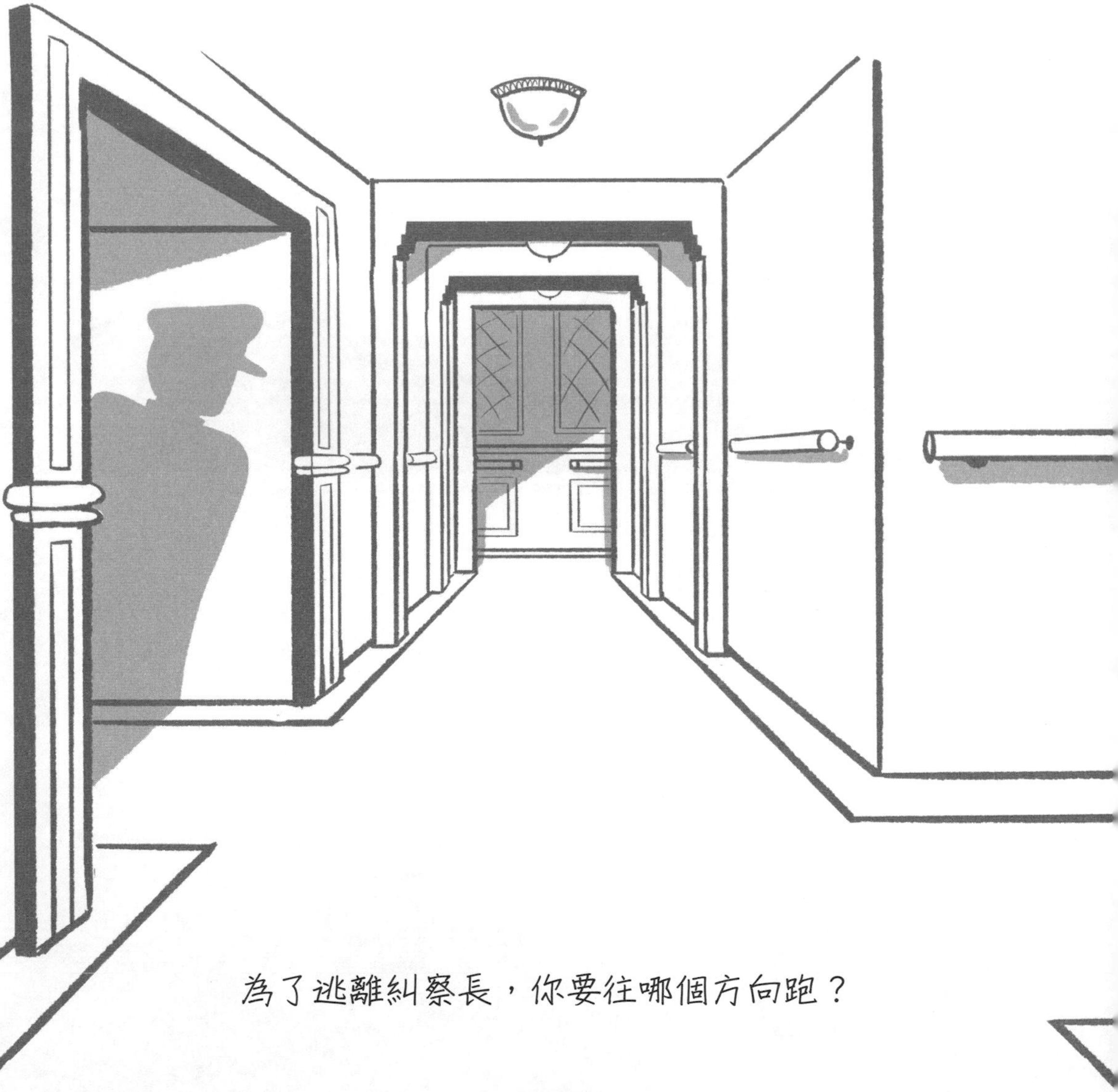

為了逃離糾察長，你要往哪個方向跑？

向左跑：翻到第130頁。

向右跑：翻到第26頁。

你的舉動惹得頭等艙乘客火冒三丈。她向你的老闆抱怨之後，你被降級去清理廚房的排水孔。

你想像中最噁心的東西是什麼？
畫在下面，然後將這一頁沿著虛線撕開，再摺起紙片。

先別放棄！回到你的上一個行動，再試一次！

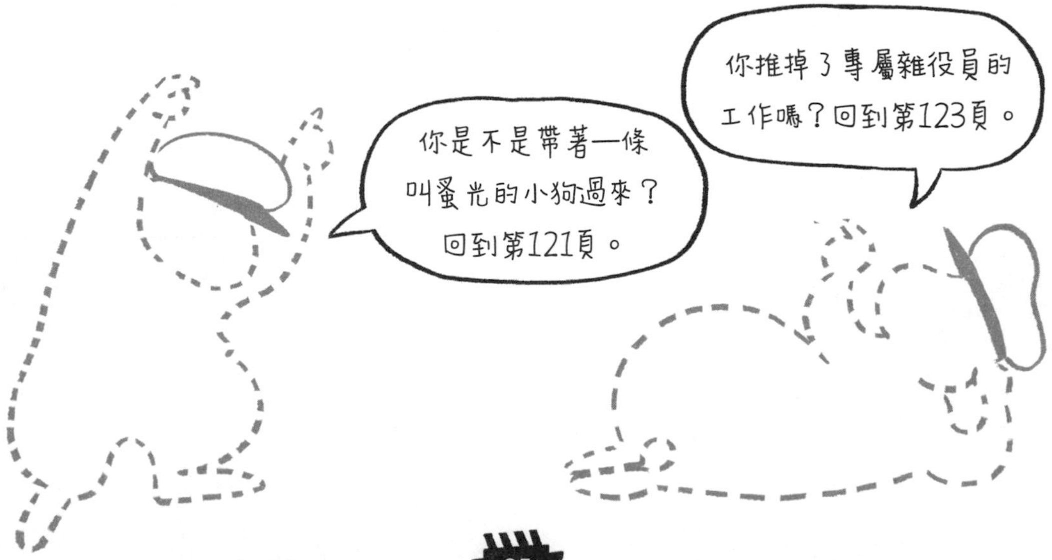

你是不是帶著一條叫蛋光的小狗過來？回到第121頁。
你推掉了專屬雜役員的工作嗎？回到第123頁。

你往右跑，遠離糾察長。接著你衝回樓梯口，往下跑向另一層甲板。你在迴廊之間衝刺，上上下下經過好幾段階梯，幾乎走遍了鐵達尼號專供乘客使用的八層甲板。

你很快就發現自己迷路了，這艘船讓人一頭霧水！鐵達尼號裡的迴廊有好幾公里長，而且每層甲板跟相鄰甲板的格局都不一樣！

你悄悄穿過了一條名叫「蘇格蘭路」的走廊。這個名稱來自英格蘭利物浦市最長的街道，而利物浦就是這艘船的船籍港口。這條走廊幾乎跟鐵達尼號的船身一樣長，長度超過舊金山金門大橋（在鐵達尼號首航後約 25 年才落成）的塔柱。

這就是4天後當鐵達尼號撞上冰山並沉沒時，你懷裡抱著的東西。

←

故事完結

在這裡把金門大橋剩下的部分畫完。

前往下一頁。

你還是覺得有人在追你，所以偷偷溜過站崗的船員身邊，他們正在看守通往三等艙乘客臥榻的大門。說得精確一點，他們是要阻止那些乘客到上層的甲板去。

對你來說，下層這裡還算是滿華麗的，不過這裡的一切和人看起來都比較隨興。有些三等艙乘客索性讓客房門開著。這些簡單的房間大多有至少兩組上下鋪；有的則有三組。無奈的是，每間客房裡都至少有一個人，所以你沒地方可躲。

你知道自己沒辦法再跑多久，因為你不但體力透支……而且餓得不得了！

想像你可以溜進一間客房，好好放鬆。
畫出你想做的事，然後翻到下一頁！

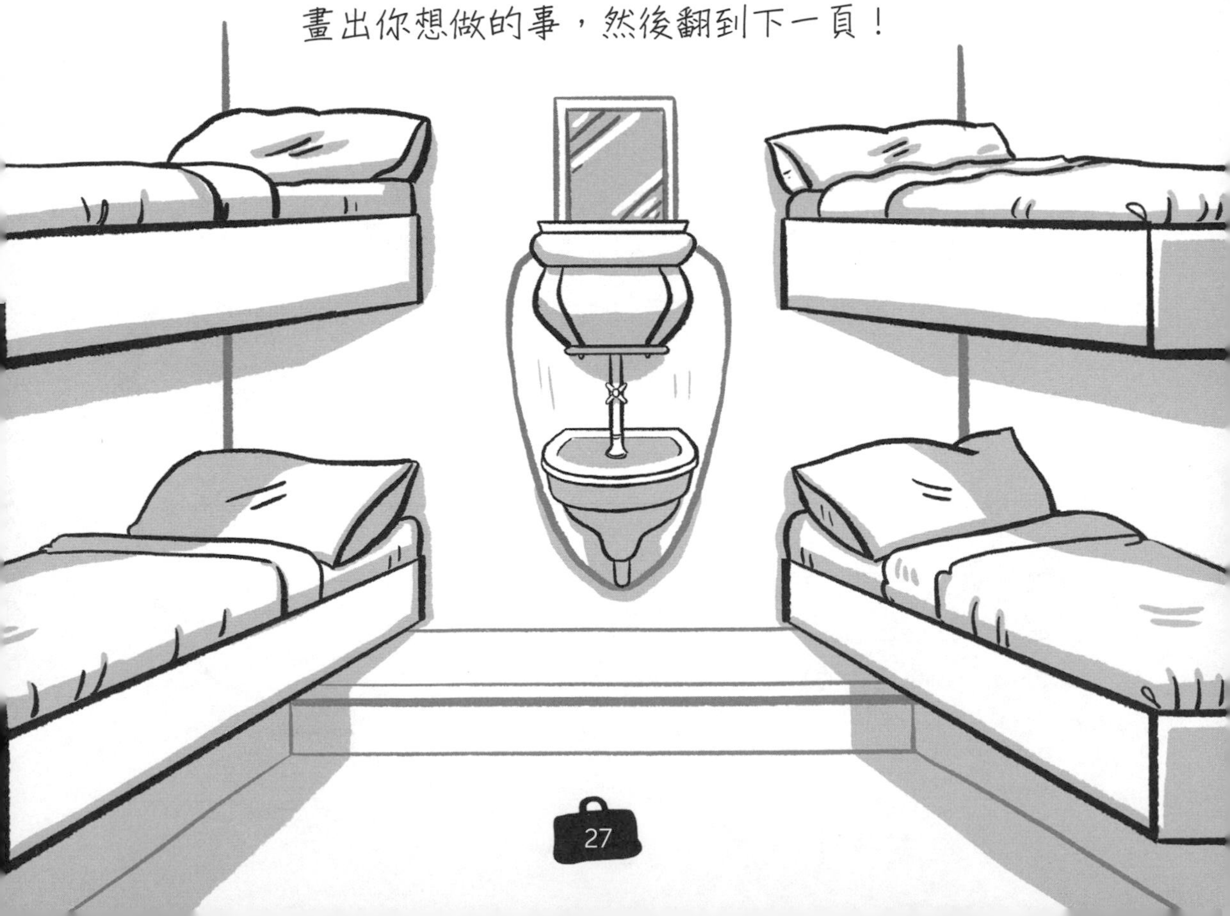

你把腦袋探進去，卻發現是公共廁所。你看到這裡的馬桶會自動沖水，可是頭等艙的馬桶卻不會這樣。為什麼呢？

走廊上，一股誘人的香味朝你飄來，領著你往餐廳走，你多希望自己能融入那裡。

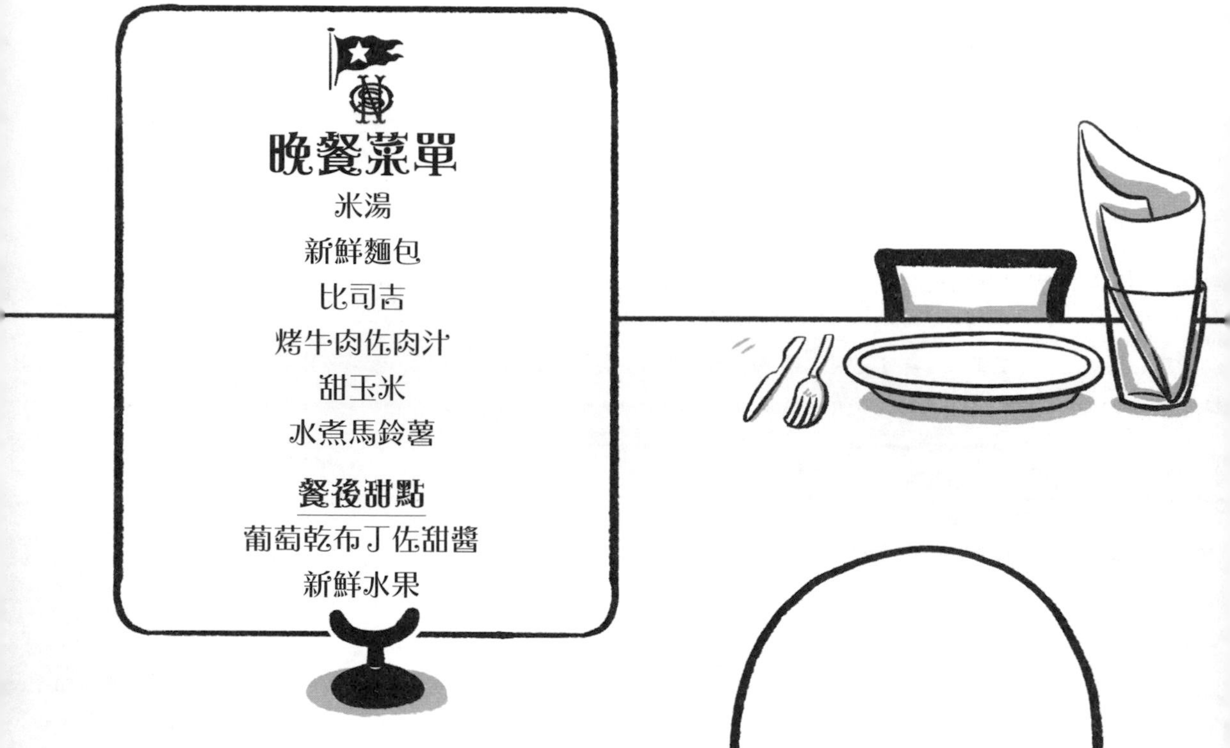

我知道，你餓壞了！可是沒時間往嘴裡塞吃的了。把食物弄到臉上當成偽裝吧。

前往下一頁。

「你白費功夫了。」旁邊傳來低沉的嗓音。是糾察長，他馬上看穿了你的食物偽裝。

趁他還來不及抓住你，你再次拔腿狂奔！你一路往上跑，抵達 C 層甲板，轉眼到了船員區，高級船員和乘務員都在那裡休息。你衝進去的時候，正在讀報喝茶的船員詫異的抬起頭來。

你沒辦法從原路退出去，只剩一條出路了。遠方的牆上有一扇門，那扇門通往直立的中空管道。

動作快！在管道裡畫出可以往上爬的扶梯，
然後畫出你在爬梯子！現在翻到第132頁。

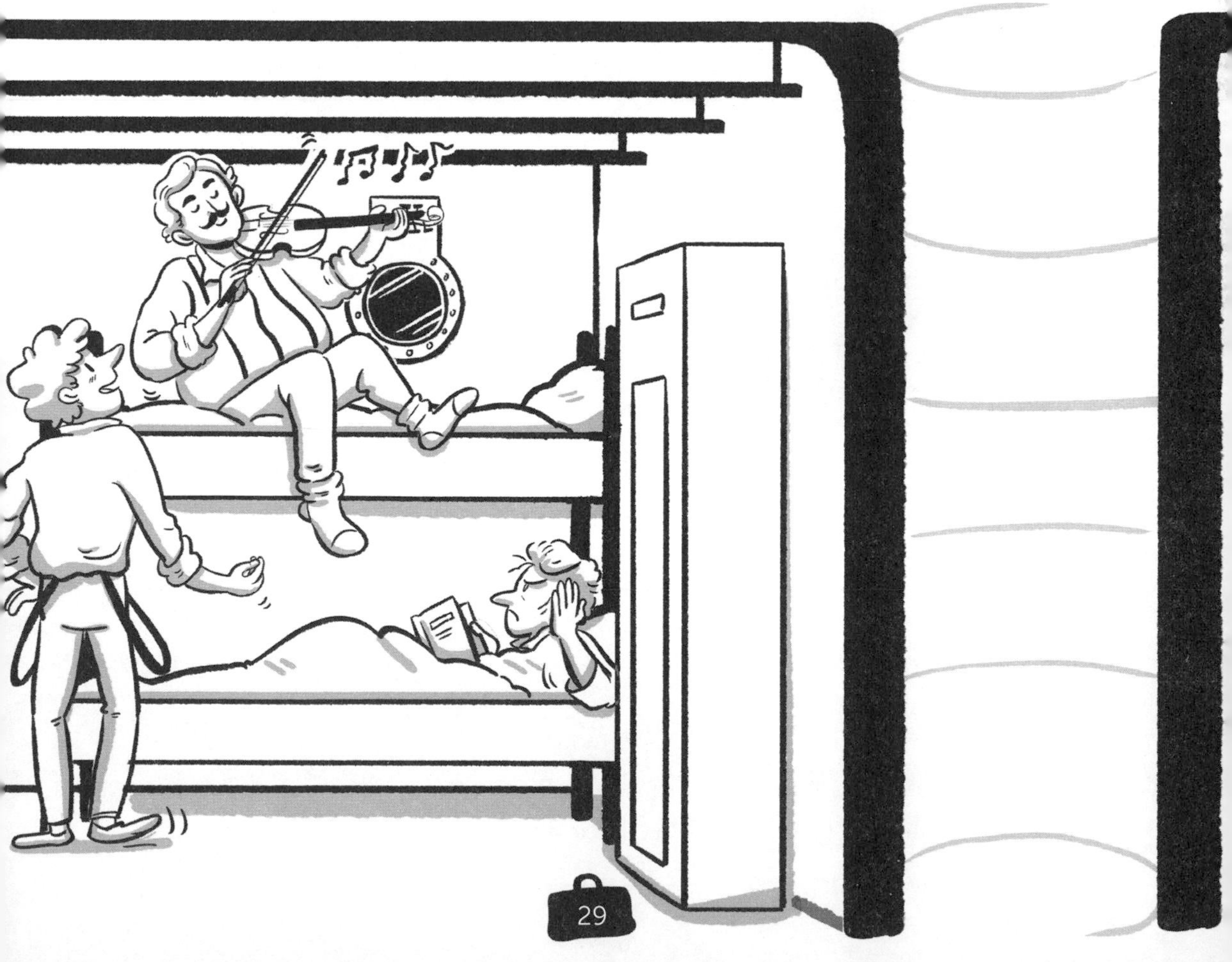

沒錯，你要去的是 F 甲板。前往狗屋的路上，你在便便甲板停留了一下，給閃電一點時間運動，還有……呃，做點跟這個甲板名稱有關的活動。

你抵達狗屋時，負責管理的船員路易斯用項圈拉著閃電。狗屋裡已經有大約 10 隻狗，分別被鎖在沿著牆擺放的大籠子裡。有些乘客一定把自己的狗留在船艙裡了——那些幸運的傢伙！

路易斯輕輕將閃電放進籠子裡然後上鎖。他打開又關上壁櫥，將鑰匙收進去，可是你無心注意這件事，因為閃電開始嗚咽了起來。你很擔心牠，不想讓這隻可憐的小狗感到寂寞。

畫一個犬用玩具送給閃電，希望能陪伴牠。

你把玩具從欄杆間的縫隙塞進閃電的籠子裡。閃電輕輕咬住玩具，搖搖尾巴，走到籠子後頭蜷起身子。太好了！這樣牠或許就不會那麼孤單了！

翻到第134頁。

糾察長還揪著你的肩膀，你的視線越過欄杆，望著無止盡的灰色波濤。冰冷的海水只要幾分鐘就能讓你一命嗚呼。

「你都會把偷渡客丟下船嗎？」你問。

男人哈哈笑。「你以為我是糾察長？我不是。我是輪機長喬瑟夫·貝爾。你叫什麼名字？」

起初你騙他，報了個假名。

我叫＿＿＿＿＿＿＿＿＿＿ ＿＿＿＿＿＿＿＿＿＿你說。

快！想個你認識的寵物的名字。↗

↖你最愛喝的牛奶是什麼牌子？

貝爾先生又笑了出來。最後你還是老老實實的把真名告訴他，還說你是從英格蘭的「煤郡」諾森伯蘭來的。

貝爾先生瞇眼盯著你。「你說諾森伯蘭？」他狐疑的說，「我也是從那裡來的。證明給我看，你家是什麼樣子。」

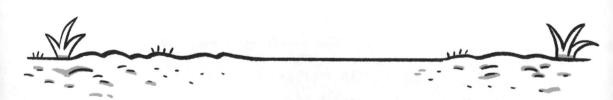

在這裡畫出你的家。然後前往下一頁。

「嗯，」輪機長說，「我不認得這間房子，不過你有點面熟。我想我知道你的家族，有好幾代都在礦場工作。你的血脈裡有煤炭，我說對了嗎？」

你點點頭。

「很好，」他說，「我給你兩個選擇。我可以把你交給真正的糾察長，他會把你鎖進禁閉室裡。一到美國，你就會被放在第一班船上，直接遣送回英格蘭。或者……你可以到輪機室為我工作，負責扒炭，用工作換取剩下的航程。我需要幫手。」要做出選擇好像不難，對吧？

等等！在你做出決定以前，先讀讀書末的資料吧！

如果你拒絕輪機長提議的工作，翻到第130頁。

想到輪機室工作嗎？翻到下一頁。

雖然扒炭工的薪水非常低，而且在輪機船員當中，工作條件最差，但你還是接受這個機會。

你同意當扒炭工之後，貝爾先生拿了一盤燉肉和比司吉給你——終於有東西吃了，真可口！你跟著他穿過迷宮般的隱密樓梯間和一道道上鎖的門，最後抵達輪機室，就在船的內部深處，低於吃水線以下兩層樓。

「我們是這艘船的小祕密，」貝爾先生說，「我們有自己的祕密通道，這樣乘客就不用看到我們。就連我們吃飯和睡覺的區域都跟大家分開。」

現在你是「黑幫」的一員了。負責輪機室運轉的人有三百五十多位，他們都這樣稱呼自己，因為這裡的空氣中總有黑色的煤煙和厚厚的煤灰。

前往下一頁。

熱氣、噪音，再加上巨型引擎運轉時震耳欲聾的聲響，實在令人難以承受。你好奇其他人會不會把布塞進耳朵，好擋住那些聲音。

畫出會發出很多噪音的機器或動物。
然後沿著虛線撕開，再摺起紙片。

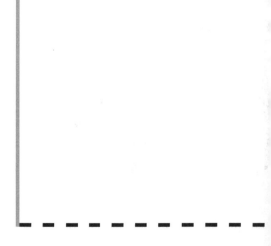

翻到下一頁。

貝爾先生帶你到一間吵鬧悶熱的鍋爐室，將你介紹給另一位扒炭工，他大約二十歲。「這位是馬提歐，」貝爾先生告訴你，「他會教你怎麼做。」

馬提歐給你一個友善的笑容，說「Ciao」；這是義大利文的「哈囉」，順手遞了一把鏟子給你。

隔天你在燈光昏暗、煤灰飛揚、熾熱無比的煤倉裡工作，將煤炭剷進滑槽，送向下方的鍋爐。那裡的生火員會將煤炭剷進 28 座鍋爐的 162 座爐膛。這裡每天要燒掉將近 650 公噸的煤炭，才能夠產生一萬六千馬力的功率，讓這艘船能夠以 23 節（大約每小時 43 公里）的最高速度行進。都聽懂了嗎？

把那個聲音乘以大概十億倍吧！輪機室裡就是有那麼吵。

我還沒講完你的工作項目呢！

你還必須把鍋爐裡的煤渣清出去。首先，將煤渣沖水降溫，再用推車把煤渣送進噴射器，那裡的高壓水柱會將煤渣射進大海裡。

最後也是最重要的是，扒炭工必須讓煤倉裡的煤量維持平衡，不然船會往一邊傾斜。

前往下一頁。

沿著虛線撕開，然後翻摺紙片，
查看海水的水位。

貝爾先生很欣賞你的工作表現。過去幾天，你證明了自己是個勤奮又伶俐的員工。

好啦……好啦！我也有一點點欣賞。

「噢，錯了，」貝爾先生說，「我想這份工作找錯人了。」翻到第171頁。

182

4月14日傍晚，輪機長有個更複雜的挑戰要給你——那是個待破解的謎團。「我們出港以前，發現煤倉失火，」他告訴你，「我們不斷發現冒出來的小火苗，可是不確定到底是從哪裡開始的。」

「火嗎？在船上亂竄？」你說，「這樣可不妙。」

「火苗一直控制在煤倉裡……目前是這樣。」貝爾先生回應，「煤倉裡的火有時就像樹木的枝椏，你必須循著火線，沿著分支返回主幹，才能找到火源。這樣懂了嗎？」

你點點頭之後，他繼續說：「其他的扒炭工一直試著要找出火源並且撲滅它，但我們運氣不好，你能幫忙找嗎？」

前往下一頁。

你和其他扒炭工應該從哪一側剷煤，
才能修正傾斜中的鐵達尼號？

從右側鏟煤？翻到下一頁。
從左側鏟煤？將上方的書角往下摺。

跟著這些纏成一團的線走，找到起火源頭
所在的位置後，就把那裡的紙片往後摺。

你往錯路線了。
貝爾先生很不高興！
前往第171頁。

「很棒！」貝爾先生大聲稱讚，像個以你為榮的叔叔，拍拍你的背。他看看手錶。「現在快十一點四十了，」他對資深船副說。

他剛說11：40嗎？抱歉打岔，
可是你可能會想要抓住某個東西免得跌倒。

「我希望在幾個小時內把火撲滅。」過了三十秒，貝爾先生還在說明他的滅火計畫，這時牆上亮起顯示「停止」的紅燈。

只有指揮駕駛室能點亮那盞燈。所有的輪機員立刻採取行動要停下引擎。

史密斯船長為什麼
要下令關閉引擎？

如果你只想要拔腿快逃，
翻到第42頁。

如果你想知道船長下令關掉引擎的原因，
翻到第140頁。

你找到火源了！
就在六號鍋爐室。
翻到下一頁。

你把墨提姆夫人交代你寄給婆婆的明信片放進信封裡、封好，並在信封上貼了像這樣的郵票：

在這裡畫出你的郵票！

你將信封放在門口附近的那一疊郵件上時，郵務士全都起身準備。「現在郵局要先關閉半小時。」那個美國人說。他向你解釋，當皇家郵輪啟航，郵務士就要開始發送郵件給船上的乘客。

幾位郵務士推著放滿郵件的推車經過你身邊，同時催促你離開海上郵局。

你呆站在走廊上，手裡拿著保母帶著寶寶坐在電動駱駝上的照片……你意識到自己犯了個大錯，竟然把自己的明信片放進墨提姆夫人的信封！

「等等！」你對郵務士大喊，「我必須拿回那個信封！」可是太遲了。他們已經消失在走廊前方的轉角。你該怎麼辦？

你想，墨提姆夫人應該會原諒你的失誤……翻到第170頁。

你決定想個辦法闖進海上郵局，
好彌補自己的失誤。翻到第141頁。

「事情不大對勁。」你正準備要說。這時……冰山撞進這艘船，受損的地方就在你這一區！你真的要開始逃難了。

畫出冰山。
別忘了，冰山有一大部分都在水面下！

前往下一頁。

當海水大量湧進船裡，人們都被水往下帶，但是你、貝爾先生和其他船員透過相連的隧道，逃進五號鍋爐室。快啊！把艙門關起來，免得海水也湧進鍋爐室裡！

在這裡畫一道厚厚的鋼製艙門，
擋住門外不斷上升的海水。

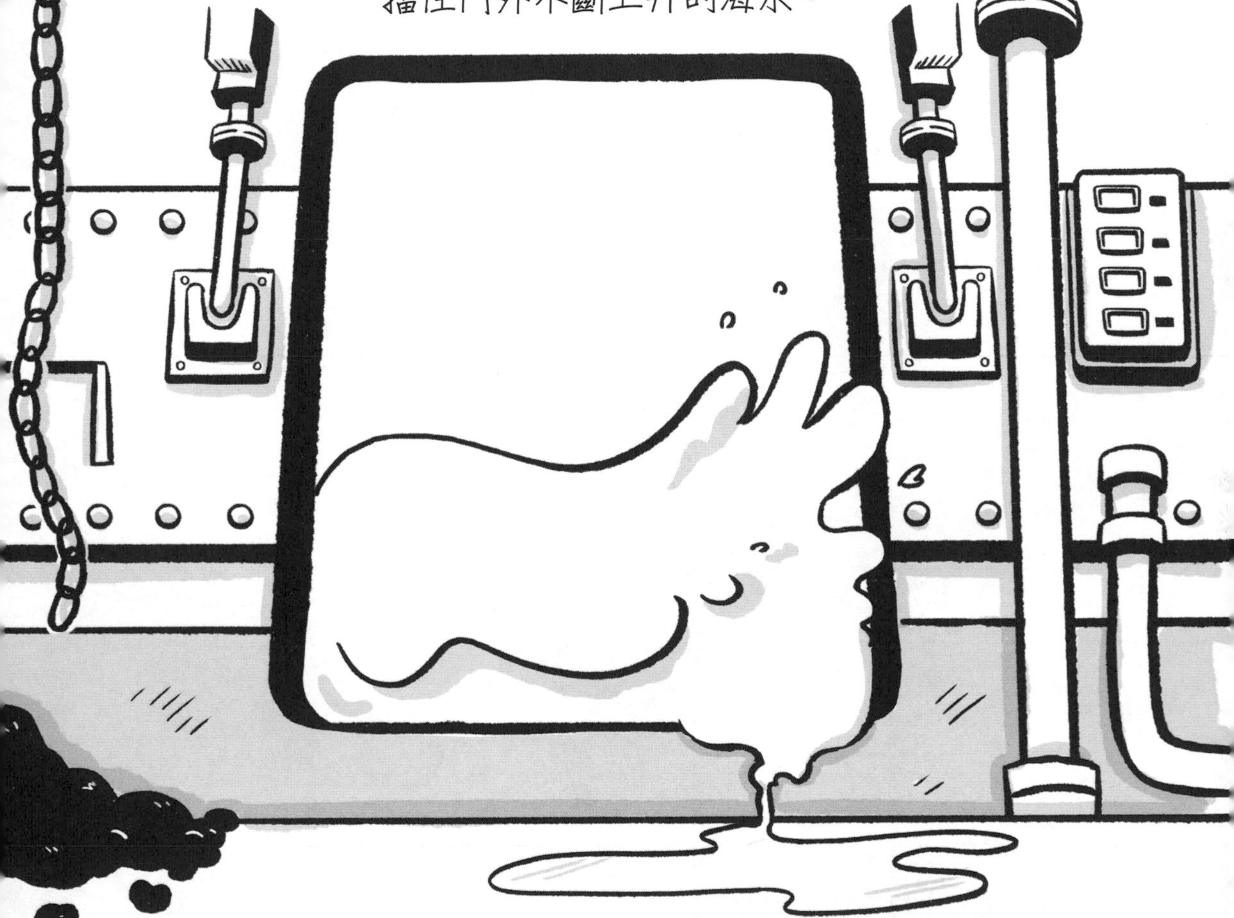

還可以加上什麼，讓這道門更牢固？
試試在門上加一個輪形把手，把門鎖得緊緊的。

翻到下一頁。

你好不容易關上門，讓海水追不上來……至少暫時是這樣。

在指揮駕駛室，船長下令關上更多道水密門。這艘船上到處都有這種門，就是為了防範淹水。每一道水密門大約重達一公噸，必須用機械裝置才能降下來，而且要花上好幾秒。

現在你只剩10秒鐘，你必須用原子筆或鉛筆一口氣戳穿下方的四個洞，要不然你就會被困在這個房間裡。自己計時並且試試看！

你及時逃出去了嗎？翻到第46頁。
沒成功嗎？翻到第101頁。

你衝回左舷的甲板。由於前幾艘救生艇才坐半滿就往下降，導致剩下的救生艇都超載，說不定會沉沒。不久大家就開始推擠，有人朝天空鳴槍，要大家退開並冷靜下來。你依然找不到爸爸，但喊叫聲吸引了你的注意。

有個跟你年紀差不多的男孩想跟母親一起上救生艇，但是負責指揮的船員不肯放他上船。船員說這男孩都十三歲了，大到可以離開學校找工作——所以算是男人了。

你和男孩的父親跟那位船員爭論起來。鐵達尼號的船頭往海裡沉得更深，船員可能意識到時間不夠了。「好吧，」他說，「可是接下來不能再為男孩或男人破例了。」

你只想找到爸爸，所以沒有試著擠進救生艇。你猜怎樣？你找到了！就在最後一艘救生艇往下降到海面上時，你衝到甲板另一側找到了爸爸。

你們在不斷下沉的鐵達尼號上擁抱……

故事完結

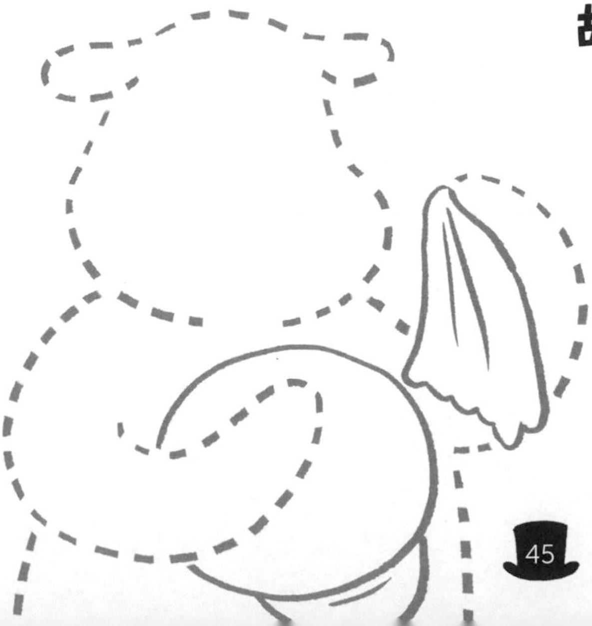

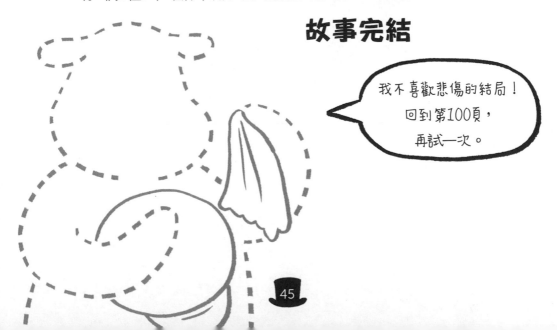

我不喜歡悲傷的結局！
回到第100頁，
再試一次。

呼！你及時逃過來了！可是事情還沒完。

「鐵達尼號目前距離陸地 644 公里，船上有兩千多人，就在大西洋冰冷的水域裡。」貝爾先生在半夜用電話告訴指揮駕駛室的史密斯船長，說這艘船受損嚴重，沒辦法繼續留在水面上，恐怕再過幾個小時就會沉沒。船長下令掀開救生艇的篷布，讓乘客和船員都到頂層甲板上去。

大多數的輪機員決定留在甲板下方。有些人維持發電機的運轉，才能供電給船上的照明。有些船員則是忙著用幫浦抽水，讓船不至於沉得太快。

每間鍋爐室都有幫浦可以把水抽出去，但這間鍋爐室的閥門可能被煤塊塞住了。海水已經淹過這些閥門，你必須在看不見的情況下清除煤塊。

仔細看看這張圖。現在閉上眼睛，
在你認為可能有煤塊的三個地方劃上叉叉。
我已經幫你畫好了第四個叉。

我相信你會很老實！

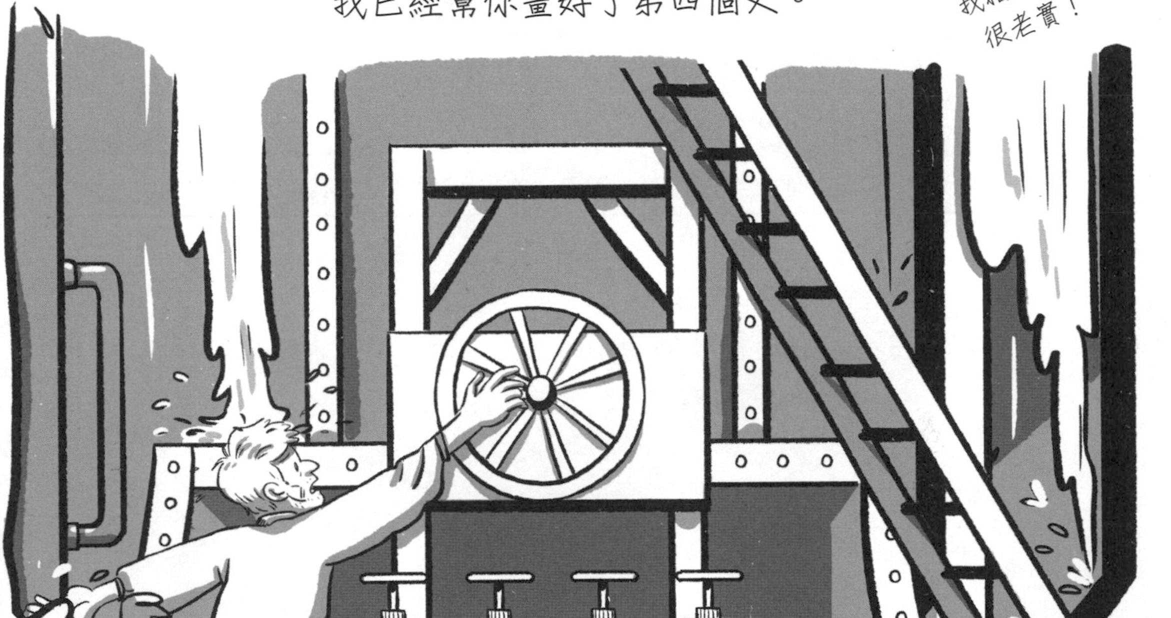

翻到下一頁。

183

太棒了！ 你讓鐵達尼號的下沉速度減慢了。

可是你心知肚明，這艘船終究會沉沒。

你的工作伙伴、扒炭工馬提歐拍拍你的背，對你說「Benfatto!」，這是義大利文的「做得好」。突然之間，你想起四天前爬進你那艘救生艇的義大利小孩。他們跟你一樣也是偷渡客嗎？萬一他們根本不會說英文怎麼辦？你想要警告他們快離開這艘船，於是向貝爾先生說明情況。

「去吧，快去！」他對你說，「你在這裡已經盡力了。祝好運！」你認為貝爾先生是你所認識最勇敢的人之一。

總有一天，你會想替貝爾先生在公園裡打造雕像。
在這裡畫出雕像的樣子。

前往第167頁。

你和救生艇被拋飛了幾十公尺，現在你終於擺脫沉船的吸力。沒想到煙囪幫了你一個忙！

你看著鐵達尼號就這樣消失在水面下，倒抽了一口氣。

你在翻覆的救生艇上勉強維持平衡，並且向其他可能在黑暗中浮沉的人發出呼喚。有三個人大叫回應，你將他們拉上船來。

有位乘客帶著一條毯子。她建議你揮動毯子，吸引救援者的注意。

你沒有船槳可以用來綁毯子，不過你有小費計量器！你可以用小費計量器把毯子撐起來，但你能舉得夠高，好引起其他人注意嗎？

用鉛筆或原子筆在這個圓圈裡戳個洞，
將你的小費計量器捲成一條管子，
再將你的管子穿過這個洞，然後揮一揮。

你收集的銅板不到5個嗎？翻到下一頁。
你的小費計量器上有5個以上的銅板嗎？翻到第85頁。

你將毯子舉向空中揮舞，但是不夠高！

附近救生艇上的人看不到你們。海流將你和同行的乘客推離沉船的地點……

過了一段時間，救援隊終於抵達，但你們早已經漂遠，沒有被及時發現！

故事完結

你差點就逃脫成功了，我要賞你一點小費！
從我這裡拿兩枚銅板，加進你的小費計量器，
然後回到第49頁。

可別說我從來都沒幫過你喔！

你在甲板上東張西望，看到一件救生衣、一張折疊椅和一條繩子。

在1號方格裡，畫出你打算怎麼用這三樣東西，
組成漂浮裝置來逃生。

①

完成之後，
沿著虛線撕開，
並將紙片摺起。

②

你將救生衣綁在椅子上，然後抱著椅子跳進海水裡……你摔進水面下，度過恐怖的幾秒鐘。周圍冷得讓你幾乎無法呼吸，你終於明白為什麼冰冷的海水在幾分鐘之內就能奪走人命。

剛才你不小心鬆手，弄丟了自製的漂流筏。在那裡！一片漆黑中，你勉強看到它了。你趕緊游過去，將漂流筏翻過來，讓救生衣在折疊椅下方，接著再想辦法爬上去。幸虧你有將救生衣和折疊椅牢牢綁在一起，才能暫時脫離要命的冰冷海水。

不過，你在上頭撐不了多久。你需要幫忙，所以大聲叫喊。希望在你附近有救生艇，而上面的人會聽到你的呼救。

猜猜結果如何？
翻到第54頁。

你有沒有把救生衣
綁在椅子上？

如果有，翻到第52頁。

如果沒有，在2號方格裡
再畫一次你的漂浮裝置，
畫完之後再翻頁！

把你自己
畫在這裡！
↓

你縱身一跳！在下墜時，你不禁想像自己就要狠狠撞上救生艇……你想得沒錯。

你砰的一聲落在救生艇邊上，撞擊力道掀翻了小艇，而你從邊緣滾落下來。

當你掉進冰冷的海裡，你只能想著，如果可以重來一次，也許應該自己想出其他的逃脫辦法！

故事完結

怎麼不試試呢？
到第168，嘗試不同的
逃脫路線吧！

很快的，有艘救生艇朝著你駛來，上頭的乘客將你拉上船。

將你自己畫在救生艇上，你得救了，真讓人開心！
翻到第172頁。

乘客逃脫行動

你挑了二等艙乘客的身分？ 嗯， 存活機率相當高！ 雖然頭等艙更有可能活下來， 可惜你沒得選。

哇～哈～哈～哈！

還有， 別指望我會為你降低逃脫的難度。（當初我在葡萄牙的水下洞穴， 困在牛奶箱裡的時候， 也沒人出手幫我啊！）

你選擇的這個角色，是個喜歡冒險、熱愛音樂的人，包括 1912 年的各種音樂，例如散拍爵士、古典樂、動聽的流行歌曲等。就在你等待鐵達尼號啟航時，你似乎聽見、也看見四處迴盪著各種節奏。你甚至可以用雙腳感覺引擎在嗡嗡作響，彷彿那是全世界最大的樂器。

在這兩頁的圖裡找出這些
隱藏的音符。
#1
#2
數數看，每種音符你各找到幾個。
將總數寫在下面的空白處，
這樣你就知道接下來該翻到哪一頁！
翻到第
音符#1
音符#2
需要幫忙嗎？
翻到第184頁。

誰知道呢，

說不定有一天你會擁有這份目錄裡所有的東西！

你的家人希望能在美國過更好的生活。你爸爸打算教音樂，並且在朋友經營的餐廳演奏。你的媽媽和弟弟已在兩星期前搭著一艘舊船到紐約了——那裡也是鐵達尼號的目的地。因為你喜歡船，所以你父親特地讓你和他一起搭上這艘史上最大的豪華郵輪。當你知道這消息，忍不住高興得跳起舞來！

在這裡畫出你最愛的舞步，
並將這個舞步分解成三個動作。

動作一

動作二

動作三
（華麗的收尾！）

前往下一頁。

鐵達尼號的主甲板上擠滿了乘客和船員，大家面對著碼頭，那裡有將近十萬人正在歡呼和揮手。拖船已經就定位，準備將船拖出港口，人們開始高唱《統治吧，大布列顛！》這首英國的愛國歌曲。你爸爸和他樂團裡的樂手決定跟著伴奏。不過……你爸爸的小提琴呢？

「快，我需要幫忙！」你爸爸說。你可不希望他被炒魷魚，這樣一來，你們馬上就會被趕下船！

在他的手裡畫一把小提琴（或任何一種樂器）。

請看下一頁。

做得好！你爸爸的演奏真是太棒了……
等等！那是誰？

你看到有個孩子在人群中狂奔。他好像急著要做什麼，說不定他正在探險！你要跟上去嗎？

嗯，不用了。翻到第161頁。

要，絕對要！翻到第64頁。

很遺憾的，你的決定讓你的處境雪上加霜……

你在甲板漸漸往上升的時候，慌忙往上爬。很快的，甲板幾乎垂直聳立，你就像是在一道牆上攀爬。好不容易，你抓住了欄杆，才沒有掉下去！

椅子、行李、救生衣……所有東西紛紛滑過你身邊，被吸進海水裡，你只能拚命抱著欄杆不放。

你知道自己沒辦法撐多久。再過幾秒鐘，你就不得不放手，掉進冰冷的海水中……

故事完結

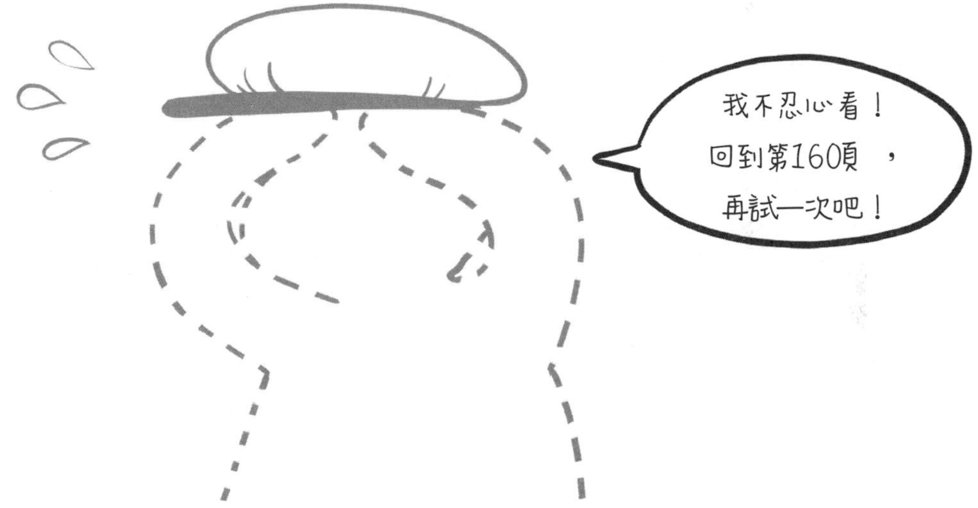

我不忍心看！
回到第160頁，
再試一次吧！

太好了！你證明自己跟得上音樂節奏——
這很可能成為你最後成功逃脫的關鍵。

還有另外四個男人跟你爸爸一起組成五人樂團。
這艘船上還有很多其他樂手！

前往下一頁。

白星航運公司雇用你父親為乘客演奏，這間公司建造並且擁有皇家郵輪鐵達尼號。你爸爸會得到報酬，不過他不算是船員。

最棒的是，你現在是乘客、還能跟爸爸一起旅行！一張鐵達尼號頭等艙的船票要美金幾千元，而你父親好不容易才湊足美金 60 元（相當於 2020 年的 1400 美元*），為你買了二等艙的票。你很開心，因為這已經相當於大部分遠洋客輪的頭等艙！

不搭鐵達尼號的頭等艙，改買二等艙船票省下來的幾千塊，你想用來買這份目錄上的什麼呢？

在這裡畫出消失的品項！

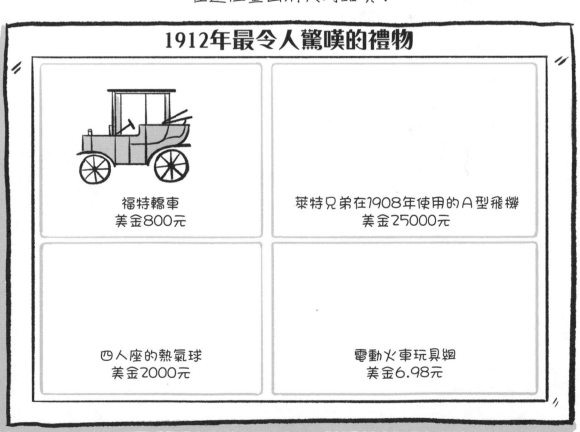

1912年最令人驚嘆的禮物

福特轎車
美金800元

萊特兄弟在1908年使用的A型飛機
美金25000元

四人座的熱氣球
美金2000元

電動火車玩具組
美金6.98元

*目前大約1美元可以兌換30元新臺幣。

翻到第58頁。

175

那個孩子悄悄溜向船的左舷。你隔著幾步跟在他後面……可是當你繞過轉角，甲板上竟然毫無人影！怎麼可能？那個孩子不可能就這樣憑空消失！你東張西望找了足足十分鐘，注意到有個男人踏上了甲板。

是約瑟夫·布魯斯·伊斯梅，白星航運公司的老闆，鐵達尼號可以算是他的船。他把視線掃向**救生艇**，你看得出來他正在計算有幾艘，接著他又回到船艙裡。伊斯梅先生認為設置更多**救生艇**會讓甲板變得雜亂，所以減少了鐵達尼號的**救生艇**數量。

你有收到暗示嗎？你該往哪裡找那個消失的孩子，是這一頁的頂端還是底部？選好了就沿著虛線撕開，然後摺起紙片看看！

嘿，你根本
沒在聽我說！
翻到第161頁！

在救生艇裡，你發現了十一歲的雙胞胎，一個是男孩，另一個是女孩，都不會說英文。他們為什麼要躲起來？

「Ciao（哈囉）！」男孩說，女孩不知道為什麼，對著你氣呼呼的說：「Cos'hai che non va? Chiudere il coperchio!（你有什麼毛病啊？快把這塊布蓋好！）」那不是義大利文嗎？還好你會講一點。你在一齣義大利歌劇裡扮演過土豚安東尼歐，你對著他們唱了一小段。

「È la tua testa di formaggio？（你是腦袋都被起司塞滿了嗎？）」女孩帶著捉弄的笑容說。

我想她在問你是不是笨蛋。

你得動點腦筋讓雙胞胎從救生艇裡出來。也許那齣歌劇《摩天輪上的土豚》的海報會有效果？

畫在這裡。記得海報上要有土豚和摩天輪！畫完之後，前往下一頁。

快看！買一送一！
翻到下一頁。

我也是！

這對雙胞胎似乎很困惑。不過他們還是從救生艇裡爬出來了。

「Polizia（警察）？」女孩問你。

啊！他們在想你是不是警察。

「不是，我是乘客，」你說，「你們是跟警察一起的嗎？」

他們對你打量了一番。女孩瞄了她兄弟一眼，轉著眼珠說：「Questa persona non è intelligente（這個人的腦袋不大好）。」

看來雙方的語言障礙會很棘手。

試試看不用任何文字，直接把問題畫給他們看。
「你們是偷渡客嗎？」

畫完了嗎？翻到下一頁。

「才不是！」雙胞胎哈哈笑，搖了搖頭。「我叫做丹提，」男孩指著自己說，然後指著他的雙胞姊妹說，「妮可拉。」

片刻之後，妮可拉友善的對你點點頭。她舉起三根手指，指著自己和她的兄弟。原來他們是三等艙乘客。那些乘客大多跟你一樣是移民，為了追求更好的生活而搬到美國。三等艙位在最底下那幾層甲板，為了防止沒有證件的移民躲避查驗，三等艙跟二等艙之間有閘門隔開。

1.把星星連起來，畫出從救生艇到你的艙房的路線。

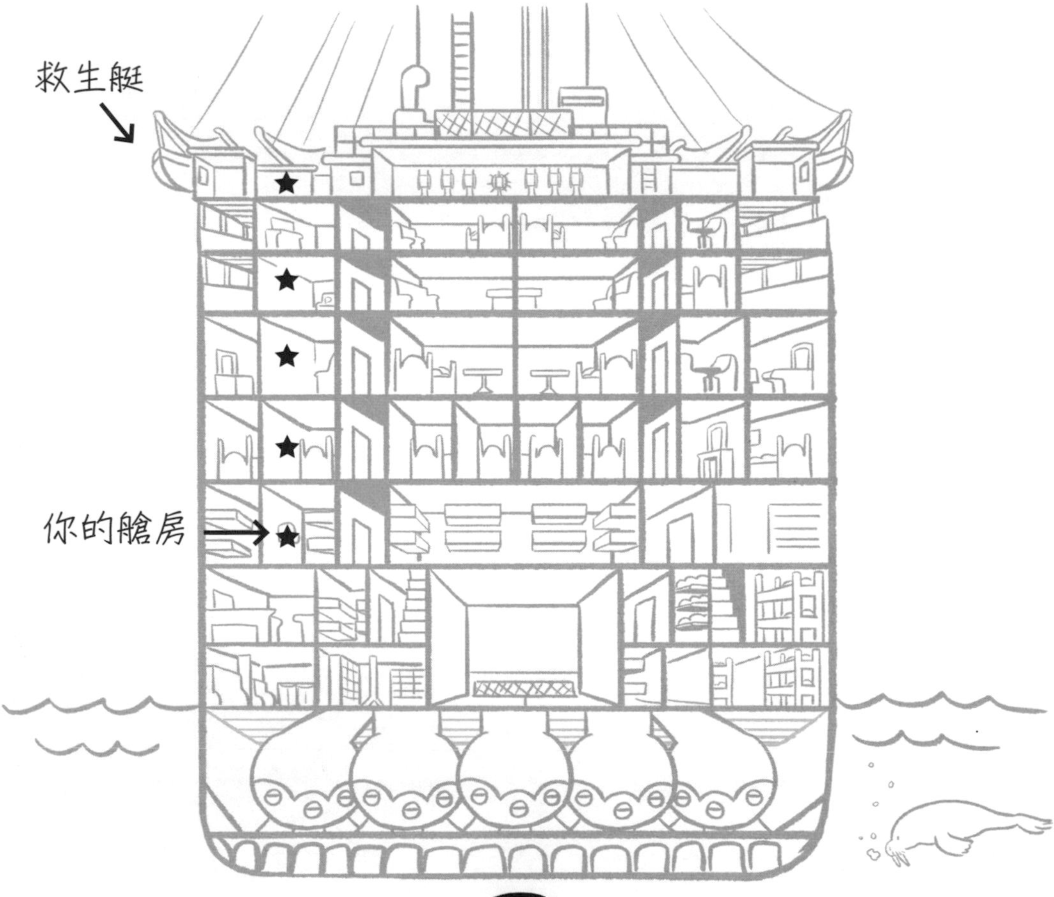

2.現在把圓點連起來，畫出從救生艇到雙胞胎的艙房的路線。

摺起這個書角

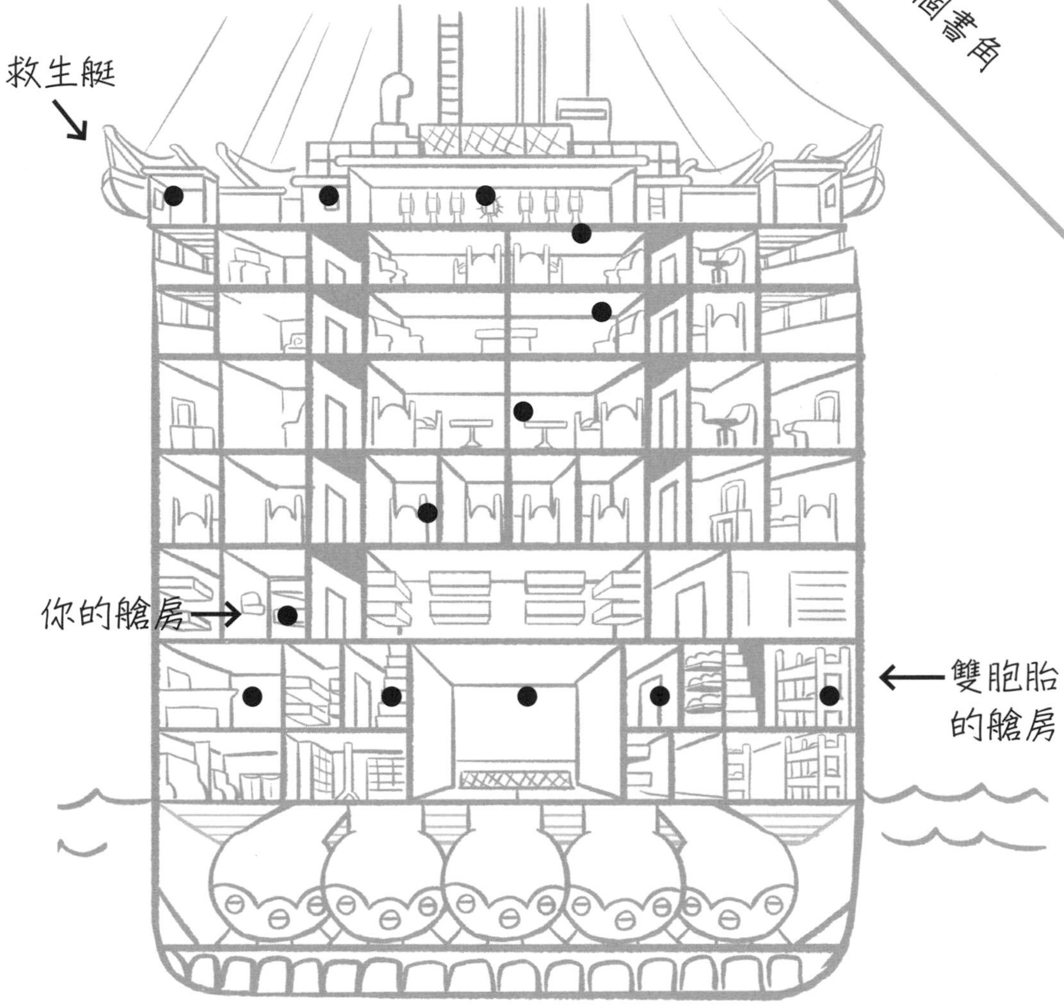

兩條路線都畫完之後，
沿著虛線撕開，
並且摺起紙片。

需要幫忙嗎？
翻到第184頁。

在鐵達尼號較上層的船艙，住的是較高艙等的乘客。他們因為跟救生艇的距離較近，萬一需要逃生，存活的機率也較高。

你向這對雙胞胎自我介紹。

妮可拉露出燦爛的笑容，用美妙的義大利腔叫了你的名字。

你和雙胞胎用畫圖來溝通。不久後你就弄懂他們是從三等艙溜上來的（有經過他們媽媽的同意），打算在救生艇裡躲到天黑，然後再到廚房探險。「為什麼？」你詫異的問，「你們很餓嗎？」

他們搖搖頭，表示不是這個原因。不知道為什麼，他們看起來很不好意思，接著用畫圖來表示之後會告訴你；還有，他們想看看二等艙的廚房。

你提議要幫他們帶路，而且沒必要等到天黑。你有二等艙的船票，萬一有人問起，就說雙胞胎是跟你一起的。在迷宮般的走道轉錯幾次彎之後，你和雙胞胎找到了頭等艙和二等艙餐廳共用的廚房。

在廚房外的地板上，你發現了一張食物補給清單。太好了！雙胞胎一定會覺得很有意思……可惜清單是用英文寫的。

鐵達尼號的五間廚房裡，總共有超過60位主廚和助手在工作，包括湯品主廚、甜點主廚和處理猶太教食物的潔食主廚等。

在下面的空格中寫下你畫出來的路徑，分別像什麼數字。

1___ ___

現在你得到了一個三位數。
到這三位數的頁碼去，
跟你的新朋友們換個話題聊聊！
或者只要翻到下一頁就好。

前往下一頁。

在鐵達尼號的這趟航程中，廚師需要製作好幾千份餐點，而且所有食材都要在離開碼頭前送上船。在下面的方格中畫出這些食材，妮可拉和丹提如果看懂了，一定會對這些食材的份量感到驚奇！

34050公斤的新鮮肉品	7000顆萵苣
36000顆柳橙	5678公升的新鮮牛奶
1000條麵包	40公噸的馬鈴薯

畫完之後，翻到下一頁！

接下來的幾天，鐵達尼號航行在北大西洋的同時，你跟著雙胞胎在船上到處探索、玩遊戲。雖然二等艙不像頭等艙，會提供豐富而有趣的活動。不過，甲板上還是有套圈圈之類的遊戲，二等艙還有圖書館，也有提供百家樂棋之類的桌遊……更棒的是，到處都聽得到你最愛的音樂！

現在你正在享受風笛版的經典英文歌曲《空中飛人》，和雙胞胎在便便甲板上玩推圓盤遊戲。

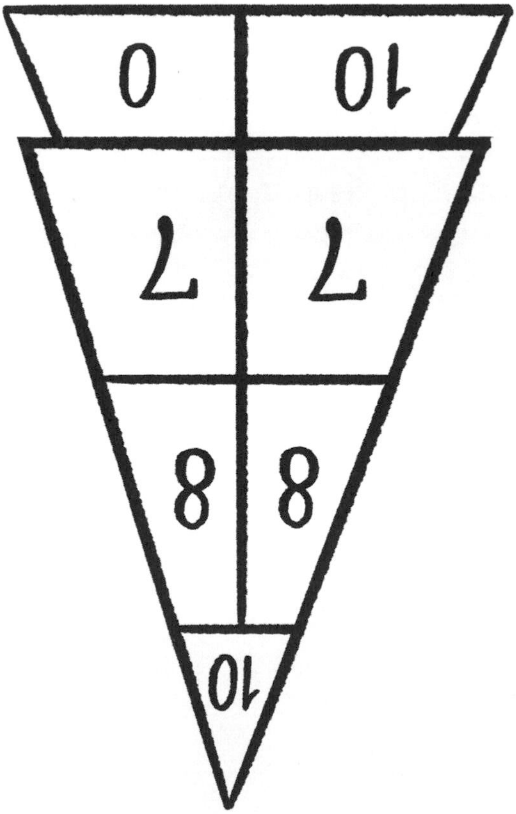

↑

把你的筆尖放在這裡。

紙筆版推圓盤！

1. 將原子筆或鉛筆的筆尖放在遊戲板底下的箭頭所指的位置。
2. 用一根手指抵住筆的末端。
3. 推！你的筆尖有沒有落在一個數字上？
4. 重複做步驟1到3四次。

把每次筆尖指到的數字相加，你的總分是多少？

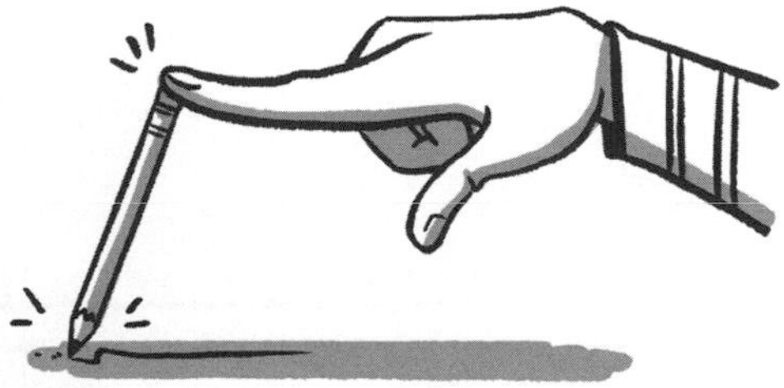

前往下一頁。

你們在玩遊戲時，一位年輕的房務員快步走過去。他抱著一隻小型犬，想要餵牠零食。「你怎麼不肯吃呢，閃電？」房務員說。

「Vuole che io non abbiu peli sulla lingua?」丹提對著房務員的背影喊道。雙胞胎轉頭看著彼此，聊了聊好吃的狗零食該怎麼做。

跟這對雙胞胎相處了幾天後，你多少學了一點義大利文，
所以能稍微聽懂他們在說什麼。

「剛才你跟房務員說什麼？」你問丹提，「什麼『舌頭上沒有毛』嗎？」話才說出口，你就突然明白了那句話。「你是在問他想不想聽聽你的想法！那是你會跟朋友說的話，對吧？就像我們這樣。」

「對……我們是朋友。」妮可拉用英文說。這對雙胞胎終於準備要告訴你，他們之前不好意思說的事。他們做了一張字畫謎給你：

在這裡寫出他們的英文句子：

接著翻到第158頁。

需要幫忙嗎？
翻到第184頁。

你用目光搜尋……在那裡！墨提姆一家已經在救生艇上，等著往下降。男僕、管家和墨提姆先生都是男士，但都被允許登上救生艇，真是幸運！

閃電一看到他們，就猛力用尾巴拍你的胸口。你把牠放進墨提姆夫人等待的懷抱。「真謝謝你。」墨提姆夫人對你眨眨眼，就像第一次見面時那樣。「我就知道我挑對人了，」她面帶笑容說，「趕緊上船，空間還很多，救生艇才坐半滿而已。」

沒錯……艇上的 65 個位置只坐了 27 個人。但你還來不及反應，就被你老闆往後拉，其他船員開始降下這艘救生艇。墨提姆夫人大喊：「不！」

太遲了，你被往後推，而救生艇持續下降。

半空中似乎有什麼發亮的東西在轉動。你伸手一抓，是墨提姆夫人拋過來的銅板。你明白她的意思——為你自己，也要為你妹妹活下去。

把那枚銅板加進你的小費計量器！

前往下一頁。

為什麼墨提姆一家人搭的救生艇才坐半滿，
就往下降了，這樣不對吧？

你下定決心，不能再重蹈覆轍了。

接下來的二十分鐘，你努力幫忙其他乘客坐上救生艇。你看著大家互相道別。這樣的景象既可怕又讓人悲傷。

為了讓自己堅強，在這裡畫出能給你勇氣的東西。

翻到第160頁。

妖怪大冒險

起點

海怪來了！
回到起點。

往前
走1格。

運河裡的生物
冒出來了！
暫停一輪。

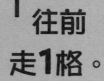

發現寶藏！
往前走
____格！
（在這裡填上
小於4的數字！）

遊戲規則：

1. 你可以一人分飾兩角（一號我、二號我）自己玩，或是邀請一兩個朋友一起玩。頭髮最短的人先開始。
2. 用鈕扣、珠子或是任何小東西，當成代表貢多拉船的棋子，每個玩家各有一個。
   把棋子放在「起點」上。
3. 輪到你的時候，拋擲兩枚硬幣，然後按照以下規則——如果你拋出：
   一正、一反，往前走一格。
   兩個正面，往前走兩格。
   兩個反面。往前走三格。
   此外，還要照著你停留的格子裡的指示做。
4. 每個玩家輪流擲硬幣、完成指示，直到有玩家先抵達、並剛好停留在終點為止。優先抵達的人獲勝！

——威尼斯篇

往前走3格。
逃離長著獠牙的怪獸！跟著音樂跳支開心的舞。
（在這裡寫下你最愛的歌曲名）
往前走3格。
和另一位玩家交換位置。
貢多拉船漏水了！退後1格。
參加貢多拉盃碰碰船比賽！暫停一輪。
退後＿＿格！
（在這裡填上小於3的數字！）
將另一位玩家往後推2格。
休息一下，餵海怪吃點東西。暫停一輪。
終點

當你抵達終點，
就可以翻頁了！

你穿上華麗的外套、繫上領結，然後再次拿起你的小提琴，心想著，有雙胞胎的照顧、有茶可以喝和桌遊可以玩，你爸爸會平安無事。但就在你向他們說再見時，卻懷疑自己能不能平安無事；因為你突然有種奇怪的感覺，可能有壞事要發生了。

很遺憾，你的感覺絕對是正確的——
因為現在是4月14日傍晚，你在鐵達尼號上。

你甩開那種感覺，邁開腳步踏出門外。只要你保持低調，應該就能順利度過；至少在你順手關上艙房的門時，是這麼想的……「打擾一下！」你背後響起一個有威嚴的聲音。「拿小提琴的那位！」

糟——糕！

你轉過身。是個脖子上圍著狐狸標本的女士。那隻可憐的動物睜著雙眼，好像在盯著你看。

你的胃緊緊揪了起來。你的第一個考驗就在眼前！每一位頭等艙乘客手上都有一本白星航運的樂曲集，讓他們可以從本子裡的 352 首曲目中任意點歌，每個樂手都要事先把所有曲子背好。

女士把樂曲集推過來，指著其中一頁。「我要你演奏這首歌。就現在。」

你別無選擇了！
現在就要開始演奏！

前往下一頁。

你聽過這首歌嗎？
依照空格下方的注音，
填進正確的歌詞。

一閃一閃

______________，

ㄌㄧㄤˋ ㄐㄧㄥ ㄐㄧㄥ

滿天都是

______________。

ㄒㄧㄠˇ ㄒㄧㄥ ˙ㄒㄧㄥ

掛在天上

______________，

ㄈㄤˋ ㄍㄨㄤ ㄇㄧㄥˊ

好像許多

______________。

ㄒㄧㄠˇ ㄧㄢˇ ㄐㄧㄥ

（重複前兩句）

填完之後，沿著 ⟶
這條線摺起來。

這是知名童謠《小星星》，
現在照著旋律，
輕快的唱歌吧！

一 閃 一 閃 亮 晶 晶
Do Do So So La La So

滿 天 都 是 小 星 星
Fa Fa Mi Mi Re Re Do

掛 在 天 上 放 光 明
So So Fa Fa Mi Mi Re

好 像 許 多 小 眼 睛
So So Fa Fa Mi Mi Re

（重複前兩句）

唱完之後，
翻開下一頁。

你拉得很好。女士手打拍子，一面唱和，「喔，真好聽，就跟我母親以前唱的一樣！」她說，然後大步走開。

你鬆了口氣，走向二等艙的餐廳。那裡供應的餐點跟頭等艙差不多，只是菜色少了些，氣氛也沒那麼熱烈；不過乘客也都穿著得體的禮服。

你向其他樂手說明爸爸身體不適，有一兩個樂手挑了一下眉毛。幸好，他們跟你爸爸的交情不錯，很樂意替他掩護。況且，你真的會演奏！接下來的幾個鐘頭，時間轉眼飛逝。

前往下一頁。

晚餐過後，你想去看看你爸爸。可是工作人員要你和樂團接著到一個叫棕櫚廳的高檔區域演奏。晚上 11 點 39 分，你們為一小群昏昏欲睡的乘客演奏《喔，你這美麗的洋娃娃》時，你聽到了一只鈴傳來的三個音。

噹……噹……噹！樂團裡沒有手搖鈴。也許鈴聲是從船上的其他地方傳來的？

是從某個高處傳來的嗎？例如桅杆瞭望臺？

11 點 40 分，你感覺這艘船不一樣了，因為改變實在太巨大，整晚下來你頭一次拉錯了音。

幾天以來，持續從甲板下傳到你雙腳的嗡嗡聲不見了。鐵達尼號的引擎關掉了！

怎麼回事？你驚慌失措的想著，琴弓從提琴滑下來，打到經過的房務員。他失去平衡，手裡的碗一翻，裡面的東西就倒在一旁懶洋洋的乘客身上。

畫一位倒楣的乘客，頭上被倒了一團黏糊糊的麵條。

前往下一頁。

那個氣呼呼的男人和幾位乘客同時大叫、跳了起來，其他樂手還是繼續演奏。這些年來，他們早已練就處變不驚的本事。就在這時，一位乘務員衝進來，你以為他是來抓你到禁閉室裡去的，接著他說了一句話，你永遠忘不了：

「鐵達尼號撞到冰山了，船正在進水。」

想必樂手們也不曾遇過這種事，因為他們不再演奏了。事實上，一切都停了下來，大家都僵住不動，甚至沒人呼吸；周遭安靜到你幾乎能聽見任何東西掉落，就算從摩天大樓頂端掉下來也一樣。

畫出你可以想到最輕盈的東西，讓它從這棟建築頂端掉下來。

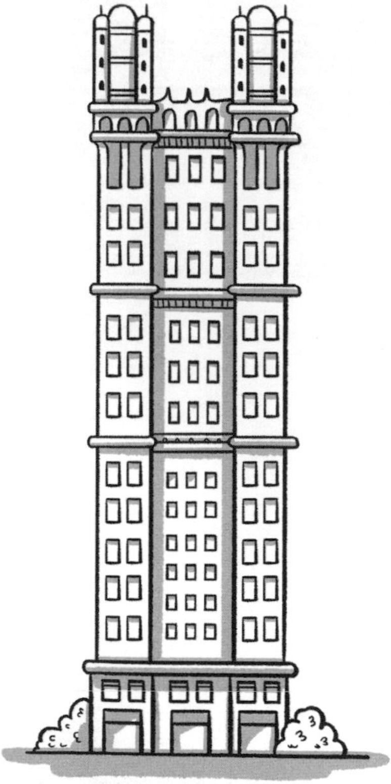

前往下一頁。

有位女士倒抽了一口氣，打破寂靜，混亂瞬間爆發。有幾個人衝出門口，或許是要去找家人或查明怎麼回事。一個驚慌的男人撞飛你的小提琴，還一腳將它踩壞。你擔心混亂中有人會受傷。你知道音樂有鎮定人心的力量，可是你沒有樂器！

等等，也許你有。你曾經看過有人用玻璃杯當樂器來表演。你也可以這麼做！

你的腦海裡飄過《她將會繞山而來》這首歌的幾個音符，用音名寫出來就像這樣：

DEGGGED

快，照著音符的順序，
用你的原子筆或鉛筆的筆尖劃過玻璃杯的杯緣。

1號計時器

有幾個杯子你用了兩次？
把數字寫在這裡。→ ☐

帶著這個數字到下一頁。
當你決定何時要離開棕櫚廳時，會需要用到這個數字。

翻到下一頁。

1號計時器　　-1 =　　2號計時器

把上一頁計時器的數字寫在這裡。

如果這個數字等於零，就表示該走了！

剩下的乘客和船員好像嚇到動不了。有個女人對大家說，冰山不可能是問題，這艘船是遭到四頭海怪攻擊！你想讓她明白這種說法有多荒謬……

可是你馬上就要離開嗎？那就翻到第86頁。

如果你願意花時間畫出攻擊這艘船的海怪，
就畫在這裡，然後翻到第97頁。

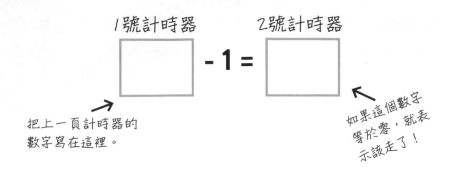

你舉高那條毯子揮啊揮，並且和另外三位生還者想辦法在倒蓋的救生艇上保持平衡。

一陣喊叫聲從附近的救生艇傳來！很快的，那艘救生艇靠了過來，船上的乘客設法為你們挪出空間，讓你們全都能擠上去。

翻到第172頁。

你鑽過其他乘客，想衝出棕櫚廳。你必須找到你爸爸和那對雙胞胎，然後離開這艘船！馬上！

你使勁向前方推擠，前面的人群突然散開來，結果你失控的衝向欄杆、迎頭撞上。撞擊的力道讓你往前一翻，滾落下方的海面。

你的願望成真了……現在你下船了！

故事完結

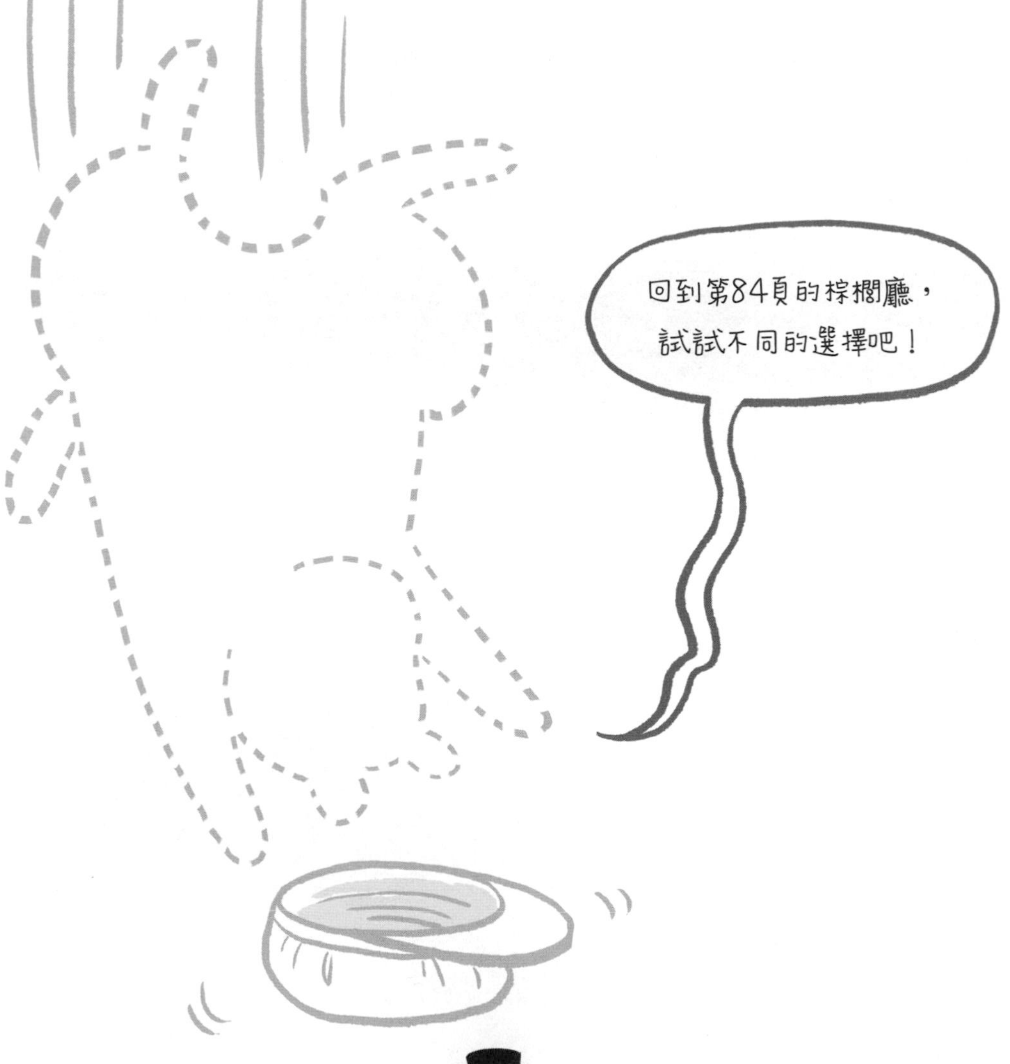

回到第84頁的棕櫚廳，
試試不同的選擇吧！

你快步衝出棕櫚廳，同時也很小心的避免推擠到別人。甲板上，船員正忙著掀開救生艇的篷布。看來，情況比你想像的糟糕許多，鐵達尼號一定正在下沉，你必須逃離這艘船！

沒找到爸爸和雙胞胎，我就不走，你心想。你拔腿衝向艙房……沒想到裡面空無一人！。

你爸爸的小提琴不見了。他是不是帶著你朋友到下層找他們的媽媽？也許吧，但他為什麼要帶走小提琴？他為什麼不留張紙條給你？在鐵達尼號沉沒之前，你還剩多少時間？

你的腦袋裡瞬間填滿疑問……你覺得彷彿有一大堆瘋狂的問號正在大口吞掉你的思緒！

翻到下一頁。

為了得到答案，你衝下通往三等艙的樓梯口；或者說你試著這麼做。

將三等艙和較高層通道隔開來的折疊閘門上了鎖。有位船員守在那裡，他要幾百名乘客繼續留在下層——這樣一來，三等艙的乘客全都不能到甲板上去搭救生艇！

通常，下層這裡會聽見引擎發出大到難以置信的噪音，令人無法思考。但撞上冰山之後就不一樣了；現在唯一的聲音，是乘客連珠砲似的提問

前往下一頁。

「發生什麼事了？」「這艘船要沉了嗎？」「你為什麼不讓我們出去？」

還有很多問題是用你聽不懂的語言問的。可是負責看守的船員一概不回答。他只命令大家遠離這道門，還有安靜等待。

沒時間等了。你必須馬上找到爸爸和朋友們！你從閘門邊退開，搜尋了一陣子後，你看到地板上有個艙門，似乎可以通往下層。

首先，在這個艙門上畫個把手。

然後沿著虛線撕開，
這樣你就能往上掀開這扇門。

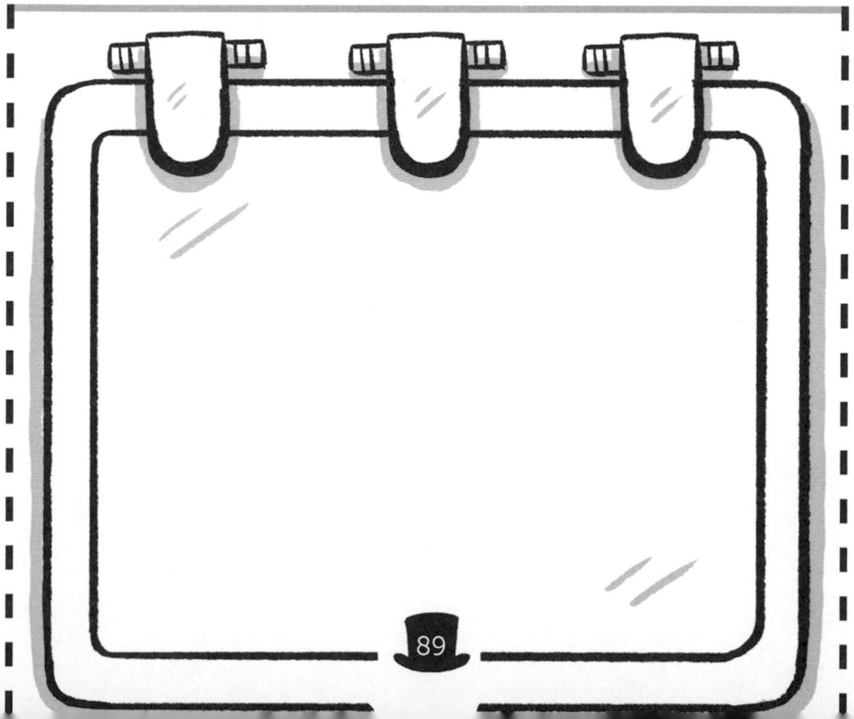

你停留太久了！ 現在你真的恐慌起來了！

畫出你正在狂奔的樣子，然後翻到第87頁。

在這裡畫出你自己從艙門口
往下看的樣子。
現在翻到第91頁。

你鑽過艙門口，跳進三等艙。落在地板上後，你四下張望。原來這裡是泡澡區，幸好沒人！

這裡只有兩個浴缸，一個是男用、另一個是女用。
三等艙裡共709位乘客就共用這兩個浴缸。

那對雙胞胎最有可能在哪裡？
嗯，這個嘛，我想……先翻頁吧。

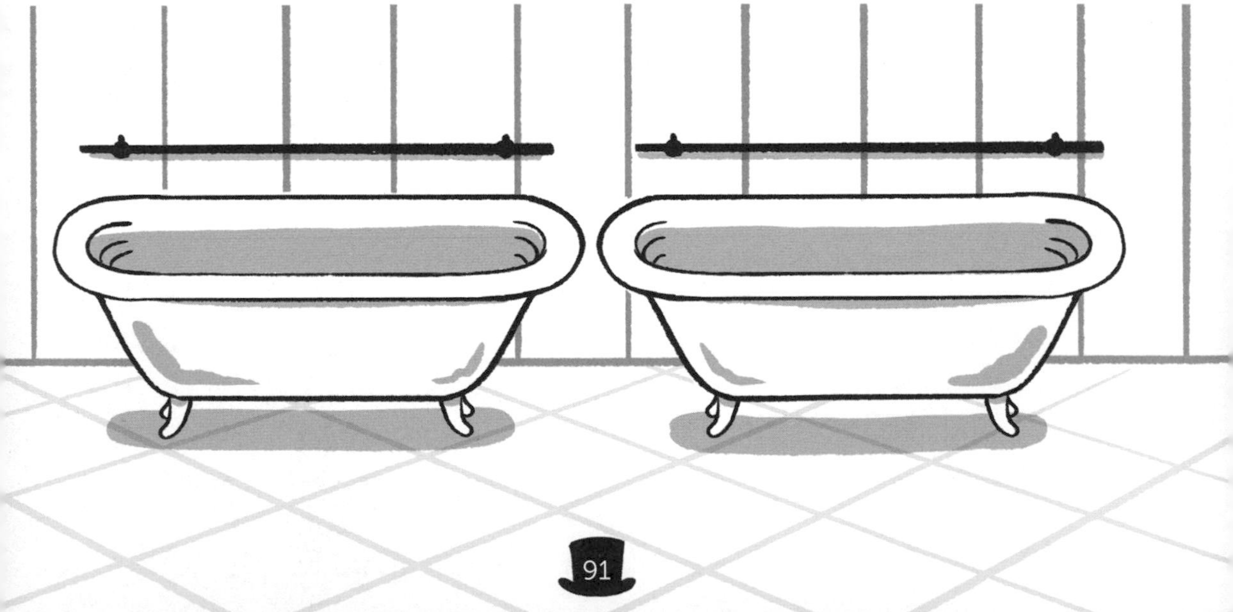

你探頭進廚房裡張望。接著，你聽到妮可拉呼喚你的名字，彷彿那是一段最動聽的旋律。雙胞胎就在那裡！他們跟一位婦女站在料理檯後方，你想那位婦女應該是他們的母親。

「妮可拉！丹提！」你喊道，同時跑向他們。

他們咧嘴笑著，很開心見到你！雙胞胎用自己認識的幾個簡單的英文字，將你介紹給媽媽，解釋說他們想用烤餅乾來安撫自己的緊張心情。

烤餅乾？現在？我知道為什麼……
因為沒人跟三等艙的乘客說，這艘船的處境有多危險。

「你們有沒有看到我爸爸？」你試著平靜的問。「沒有。」他們說。雙胞胎接著用少少幾個英文字搭配手勢，解釋說你爸爸在你離開之後覺得舒服了一些，於是拿著小提琴陪他們下樓到三等艙，然後打算去接替你。這些都發生在船員鎖上閘門以前。

前往下一頁。

「喔，」妮可拉說，「他留了紙條。」

「我爸留了紙條給我？」你問，「在哪裡？」

雙胞胎表示歉意，說紙條不小心被餅乾麵糊沾到，變得軟軟爛爛的。幸好他們在你爸爸寫下紙條的時候就先讀過。他們不認識全部的英文字，但可以畫圖加寫字，為你重現那張紙條的內容。

快看看你爸爸留下的訊息是什麼！

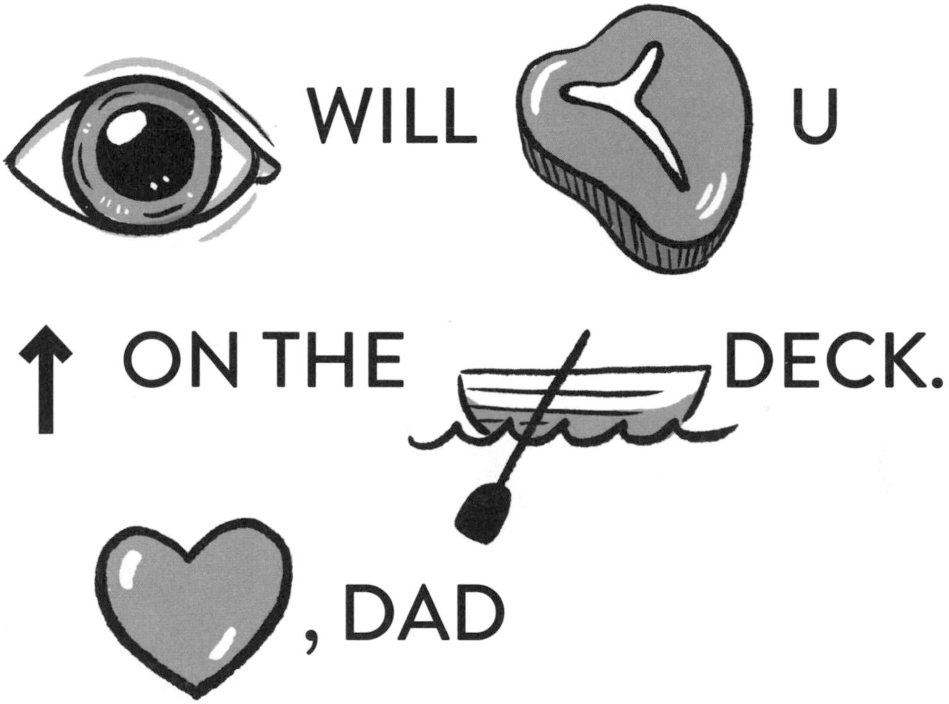

將訊息用英文寫在這裡。

需要幫忙嗎？
翻到第184頁。

翻到下一頁。

「你們必須跟我一起到有救生艇的甲板上，跟我爸爸會合。」你對雙胞胎和他們的媽媽說。

丹提搖搖頭。「可是船員要我們等，應該不會有事的。」「不行，不能等了。」你告訴他們，「下面這裡不安全。我們必須馬上離開！」

雙胞胎和他們的媽媽——加上無意間聽到你們對話的幾位乘客，一起跟著走回你剛打開的那扇艙門那裡。可是艙門不但被人關上，還鎖起來了！

別驚慌，找方法說服船員打開閘門。

你們沿著走廊趕路，越來越多人跟過來，最後有幾百位乘客跟在後面。但是當你們抵達閘門前，那位船員已經離開……他一定上去救生艇那裡了！

找個方法出去。現在不是只有你自己——
有好多人都仰賴你的下一步行動！

這道閘門是由交錯的鋼條構成，沒辦法輕易破壞。或許你可以用尖銳的工具弄壞鎖頭。

要是你手邊有個尖尖的東西就好了……
（噢，等等，你有啊！）

快戳過去，毀掉鎖頭！

翻到下一頁。

A → ← B

沿著虛線摺合這一頁，
讓兩組A和B旁的箭頭
剛好相對，
看看接下來
該翻到哪一頁。

請止步！
此路通往
鋪位
154——169
頁碼10的說明
重點是：
「務必遵循船員的指示！」

A → ← B

需要幫忙嗎？
翻到第184頁。

2號計時器　　3號計時器

把來自2號計時器的數字寫在這裡。

□ - 1 = □

一位你沒見過的船員來到棕櫚廳。他自己穿著救生衣，卻要大家保持冷靜。「不會有事的！」他對大家說，「鐵達尼號不可能沉沒。」

你想留下來聽他說？翻到第90頁。
你想要馬上離開？翻到第87頁。

船身突然一偏、往下傾斜，冰山在鐵達尼號的船頭一側撞出好幾個大裂口，數萬公升的海水不斷湧入。有些乘客似乎嚇到反應不過來，彷彿打算隨著這艘船沉進海裡；有些人則是不斷推擠，急著要登上所剩無幾的救生艇。這時已經有很多艘救生艇下降到海面上了——很明顯的，有好幾百人將要被困在這艘正在下沉的郵輪上。

你知道救生艇上的座位必須優先讓給婦孺，於是領著雙胞胎和他們的母親到其中一艘救生艇旁，想著這會不會就是第一次遇見雙胞胎的那艘。他們的媽媽爬進船裡，向雙胞胎……和你伸出手。

前往下一頁。

「快來！」那位母親說，她顯然想講更多話，卻不知道英文該怎麼說。「不行，我沒辦法，」你說，「我必須找到我爸爸。」

「也許他已經離開了，」丹提說，「在其他救生艇上。」你覺得不是。你也許年紀夠小，上得了救生艇，可是你爸爸要怎麼離開郵輪？

「我必須留下來。」你說。

丹提和妮可拉分別給你一個久久的擁抱，表示道別。「In bocca al lupo，」妮可拉在你耳邊輕聲說，接著她用英文再說一遍，「祝你好運。」

你還有時間畫最後一張圖送給雙胞胎。
畫出你們一起經歷的有趣情景，
讓他們能永遠留下關於你的美好回憶。

翻到下一頁。

揮完最後一次手之後，雙胞胎坐在擠滿人的救生艇裡，下降到海面上。你必須找到你爸爸！

你沒有多想就跑進船裡、衝下主樓梯，在大廳裡尋覓，放眼四處都沒看到你爸爸。這時船往前傾斜得更厲害，瓷器從桌上滑下來、椅子也翻倒了。

你的舉動並不明智，回到樓上比較妥當。

可是當你踏上主樓梯的平臺，卻發現階梯轉向左右兩邊了，現在要往哪個方向走？

往右走？翻到第144頁。
你選左邊嗎？翻到第45頁。

警告！

這個選擇將會決定你的逃離行動成功或失敗！
先翻到逃脫大師檔案，確定你知道該有的知識。

你還來不及離開那裡，水密門就下降、把你困在裡面了。不斷湧進來的海水越升越高。

故事完結

試試更快樂的結局吧！
回到第44頁，
再試一次。

是你的老闆，他滿臉怒意。你還來不及回答，他就說：「算了，我沒時間聽。我要你立刻把這訊息交給史密斯船長。然後等著看他是否要回覆！」

他把一張無線電報遞給你，然後氣呼呼的轉身走開。你嚇得心跳漏了一拍。你其實從沒見過史密斯船長！他是全世界薪水最高的船長，過去八年以來，白星航運重要船艦的處女航都由他坐鎮指揮。有幾位世界首富只願意搭他掌舵的船越過大洋。

你快步趕往指揮駕駛室，碰巧在甲板上看見史密斯船長和伊斯梅先生並肩走著。伊斯梅先生是白星航運公司的老闆，也可說是鐵達尼號的主人。

前往下一頁。

「先生！」你盡可能穩住自己的聲音，「有訊息要給您！」

史密斯船長接過電報。為了等待他的回覆，你站在一旁盯著前方，盡可能打起精神、挺直身子站好；想像你總有一天可以成為優秀的海軍軍官。

史密斯船長仔細讀了電報上的訊息，然後拿給伊斯梅先生看。這時，你覺得自己要打噴嚏了……糟糕！這可不是打噴嚏的好時機！你必須舉止莊重才對。可是想打噴嚏的感覺越來越強。

我發現把事情往最壞的地方想，
有時候還滿管用的，反倒可以阻止事情發生。

試著想像你打出最糟糕的噴嚏，會是什麼樣子？
畫在這裡，然後翻到下一頁。

我的計畫生效了！打噴嚏的感覺過去了。

兩位男士針對電報上的訊息爭辯著，並朝著欄杆逐漸走遠。風從海面上猛力吹來，吹散了他們說的一些話。

將被風吹散的注音符號重新排好，讓字句變得有意義。

需要幫忙嗎？
翻到第185頁。

史密斯船長說：

這封無線電報是個ㄐㄥㄧˇ ㄠㄍˋ，

我們即將進入有ㄅㄥㄧ ㄢㄕ的區域，

必須將船速ㄧㄐㄢˇ ㄢㄇˋ才安全！

伊斯梅先生說：

我不想ㄧㄥㄊ，

維持船的ㄨㄙˋ ㄨㄉˋ！

史密斯船長很氣餒，將那份電報塞進伊斯梅先生手裡，但伊斯梅先生幾乎看也不看。他們沒再多說什麼就走了。這是真的嗎？鐵達尼號可能有危險了！你應該找機會告訴墨提姆一家……

前往下一頁。

接下來幾天，忙碌的工作讓你沒辦法好好跟墨提姆夫婦說這件事。終於在這天晚上，你在餐廳裡找到墨提姆夫婦，他們坐在舒適的雙人桌前。想必他們把寶寶留在套房裡讓保母照顧了。

你想警告他們關於冰山的事，可是墨提姆夫人不想在吃晚餐時被打擾，揮手將你趕開。你只能站在角落，等著晚餐結束⋯⋯你等了好久好久⋯⋯

墨提姆夫婦正在悠閒品嚐的是專為頭等艙乘客準備，足足有十道料理的大餐，包括牡蠣、鮭魚、雞、鴨、羊、乳鴿、菲力以及沙朗牛排。

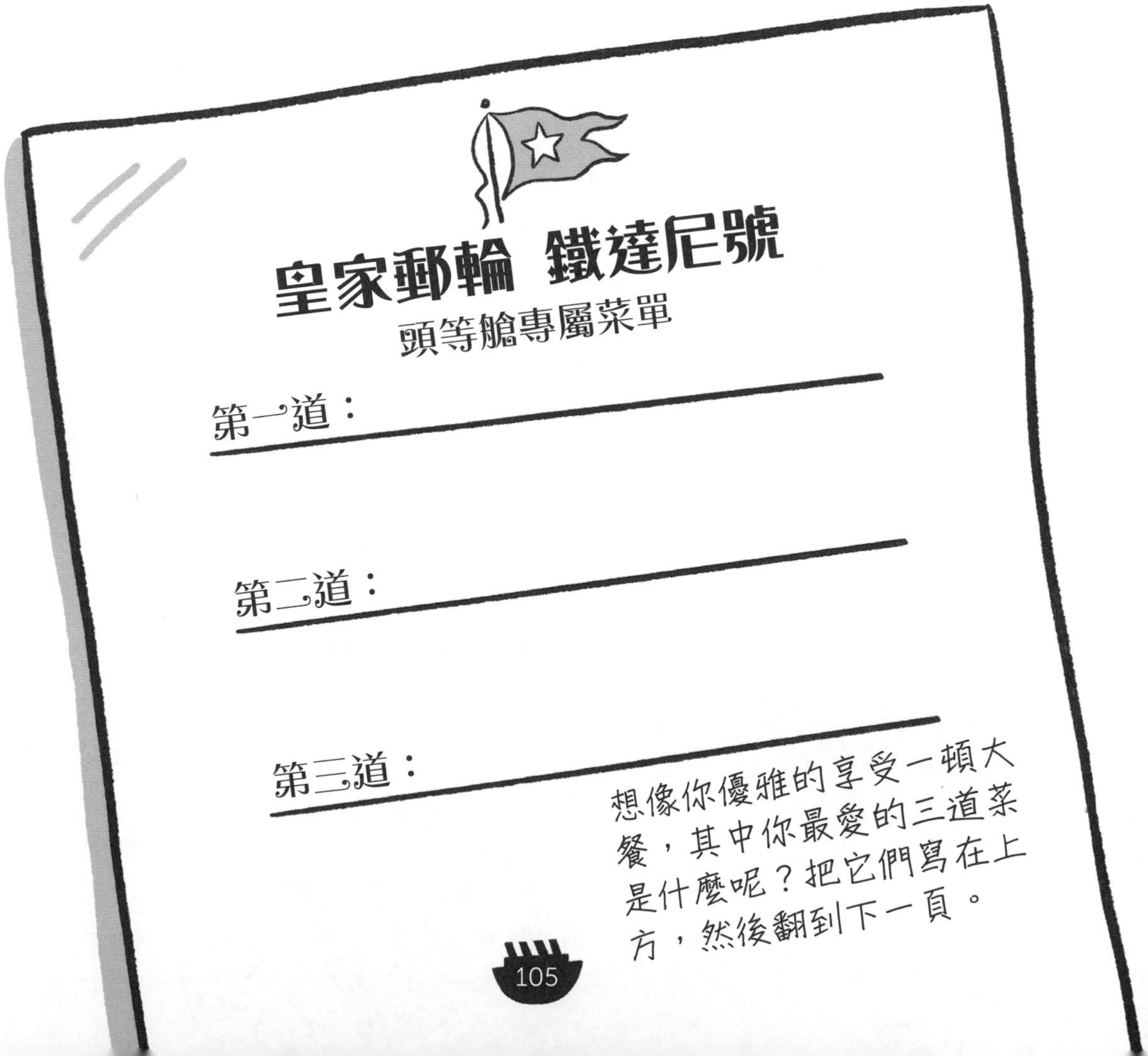

皇家郵輪 鐵達尼號
頭等艙專屬菜單
第一道：
第二道：
第三道：
想像你優雅的享受一頓大餐，其中你最愛的三道菜是什麼呢？把它們寫在上方，然後翻到下一頁。

你忍住呵欠。現在是晚間 11 點 35 分，多數乘客應該都上床就寢了，可是墨提姆夫婦堅持要慢慢享受一頓美好的晚餐。現在你只想爬上你那擁擠的鋪位裡睡覺，幾乎忘了那個關於冰山的警告。

晚餐終於要結束了！飯後通常男士們會到頭等艙的吸菸室去，女士們則前往頭等艙的休閒室玩牌聊天。可是今天晚上，墨提姆夫婦決定去那個叫棕櫚廳的高檔交誼廳去聽音樂。

墨提姆夫人找了張有加厚軟墊的座椅，坐了下來，樂團準備開始演奏，你的機會終於來了！你快步走向墨提姆夫人，要通知她關於冰山的事。

噹！噹！噹！

那是什麼聲音？似乎沒人聽到任何聲音，可是你發誓自己剛剛聽到瞭望臺上的警示鈴響了三聲。身為船員，你知道三聲鈴響代表前方有危險！

鐵達尼號在你腳下顫動，接著……一個樂手撞上你，害你把原本端在手上的整碗冷麵灑到一位乘客身上。真糟糕！

前往
下一頁。

你對這位乘客很過意不去。
如果你可以送個禮物向他表達歉意，你會送什麼？
在這裡畫出來。

翻到第150頁。

水裡有人在游泳……他們擠不上救生艇，索性從正在下沉的鐵達尼號跳出來。你必須幫幫他們。在這麼冰冷的海水裡，他們沒辦法活太久。

一位年紀較大的乘客伸手想熄滅救生艇上的吊燈。「太亮了。」他說。

「不行！你在幹麼？」你說。那盞吊燈有 25 公分高、15 公分寬，原本就應該要很亮。「要是沒有這盞燈，救援隊就沒辦法找到我們，之前不得不跳船的人也會找不到我們。」你的最後一句話更讓那個男人決心熄滅這盞燈。

原來如此！
他就是擔心水裡那些急需幫忙的人會擠爆這條船。

你爸爸要求那位乘客遠離那盞燈。你決定不管怎樣，都要為需要幫忙的人繼續亮著這盞燈。

畫出一支長捍，末端掛著一盞吊燈。畫完之後，沿著下方的虛線撕開，然後往上翻摺紙片，看看這盞燈照出什麼東西。

你看到有個人靠折疊椅漂浮在海面上，那張椅子來自鐵達尼號的甲板。你和你爸爸合力將他拉上救生艇。一位婦女脫下溫暖的外套，裹住那位快凍壞了的獲救者。這時，你轉身看到另一艘救生艇朝你漂來。這一艘救生艇船底朝上，幾位生還者坐在上頭勉強維持平衡。

船上的所有人——連那個原本想熄滅燈火的乘客，都縮起身子盡量讓出空間給他們。經過了漫長的一小時，信號彈終於劃過原本靜悄悄的海面。

「救援的船來了！」你爸爸說。

翻到下一頁。

在這裡畫出信號彈劃過天際的樣子，就像煙火一樣。
翻到第172頁。

妮可拉從附近的桌子上拿起兩條餐巾，把餐巾當成迷你旗幟那樣往外舉，開始用手臂比出形狀。

我知道她在做什麼！這是旗語！
有點像是一套字碼；用手臂和旗幟比出的字母或符碼。

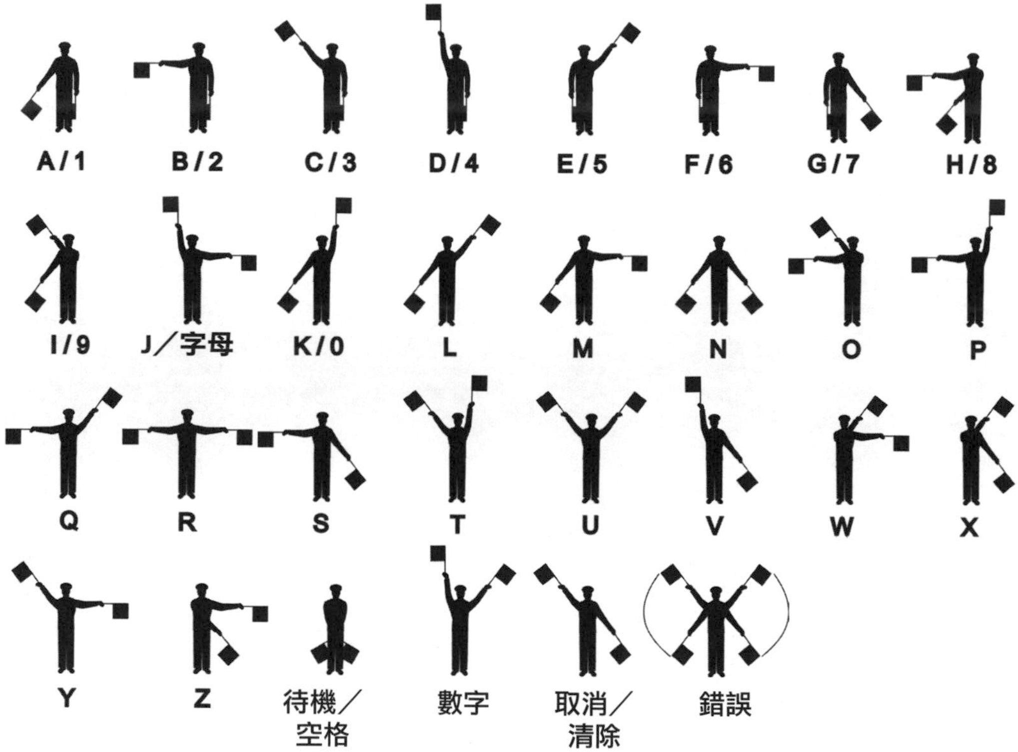

妮可拉打的旗語是：

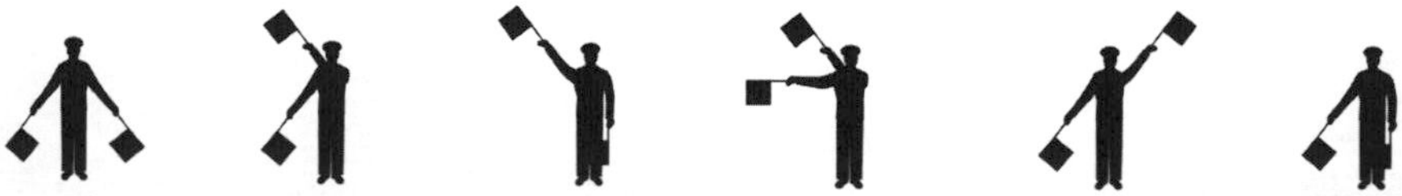

____ ____ ____ ____ ____ ____

↑
將字母寫在空格裡。

原來這是她名字的拼寫啊，
翻到第70頁。

很遺憾，這條路不對。你站在艙房外的某層甲板上——但你不知道是哪一層！

「這是怎麼回事？」有個聲音在你背後質問。糟糕，是墨提姆夫人，她看起來很不高興。

你低下頭看著臂彎裡的東西。結結巴巴的說：「嗯，這是你的……」「不，不，」她厲聲說，「我指的不是我寶貴的東西！你顯然是迷路了。我真不敢相信，我竟然想雇用你！」

墨提姆夫人斥責你的時候，你往後退了幾步、又幾步……不知被什麼東西絆了一跤，你鬆手掉了那「寶貴的東西」，轉眼整個人翻出欄杆外。

你跌進冰冷的海水裡，就在浮出水面時，聽到某人大喊：「有船員落海！」接著，警鈴響起。希望他們能及時將你救起來！

故事完結

給你個善意的忠告……
要不要讓阿米卡斯出面解圍？

如果你正在找
墨提姆一家的套房，
回到第127頁。
你想找的是狗屋嗎？
回到第131頁。

船員逃脫行動

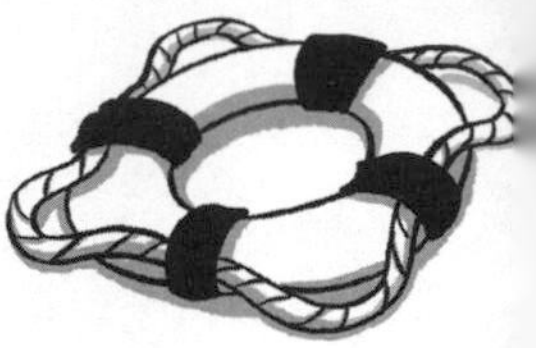

你確定想當船員？這是皇家郵輪鐵達尼號，而你存活下來的機率非常低，你知道吧？

好啦，好啦。在我同意你做出這個選擇之前，你必須先證明一件事……

你的一根手指可以抬起多重的東西？
畫出來吧，看看你有多厲害！
畫完之後，前往下一頁。

好吧，你可以登上鐵達尼號，加入這場大派對了，你很期待嗎？

對你四周那些站在舷梯上的乘客來說，確實如此。他們一身華服和珠寶，正期待這全世界最大的豪華郵輪，將要帶給他們什麼樣從未體驗過的奢華享受……不過，那些款待可不是給你的，船員！

你是鐵達尼號上的三個少年雜役員之一。你的主要工作之一就是幫乘客拿笨重的行李，還有在旅途中為他們跑腿辦事。

現在該做出合適的裝扮了。
畫出你穿著
雜役員制服的樣子。
喔，別忘了戴帽子！
畫完就翻到下一頁。

嗯，看得出來你的努力，不過還差一點。

這才是真正的制服，會讓你看起來更老成……沒錯，你必須誇大年紀，才能在這艘船上工作。對了，另外兩位雜役員分別是 14 歲和 16 歲。

撒點小謊沒關係，你需要籌錢讓你妹妹的眼睛動手術。雖然這整趟航程下來，你只能夠拿到大約美金 10 元（約現今美金 230 元*）的薪水，可是你有免費的三餐吃、有地方可以睡覺……而且還能賺小費；乘客額外給你的這些錢很重要，說不定能幫上你妹妹大忙。

看，她現在正跟你母親一起，在碼頭上的人群裡！你妹妹有嚴重的白內障，你母親必須為她指出你的方位。

「要平安回家喔！」你媽媽說。你當然聽不見她的聲音，但你能讀出她的脣形，也能猜到她正在為你擔心。你爸爸曾在客輪上擔任乘務員，後來在一場颶風中受了重傷。你答應媽媽不會讓自己陷入險境。

你在空中畫了一顆心，送給你媽媽和妹妹，並且試著讓自己打起精神。

*目前大約1美元可以兌換30元新臺幣。

前往下一頁。

對你來說，最有意義的全家福照片是哪一張？
畫在這裡，然後翻到下一頁。

現在只能再看家人一眼，因為你該工作了。頭等艙乘客上船後，要先將巨型船票遞給你老闆——這些票比一般的活頁紙還大張；登船的乘客不需要證件，只要說出船票上的名字就夠了。現在你看到的是一年前鐵達尼號下水典禮的觀禮票，每張票的一端都有可撕下的紙片。

鐵達尼號

白星航運與英國皇家郵政
三螺槳蒸氣渦輪船

下水典禮

編號：193

貝爾法斯特港
1911年5月31日
星期三
12：15 p.m.

請在入口查驗處出示

你現在必須撕下這張紙片。當你拿到小費……還有當鐵達尼號出差錯的時候，你會需要用到。

翻到下一頁。

皇家郵輪
鐵達尼號

處女航

請妥善保管
憑此證進入看臺

編號：193

小費計量器

把你的工作做好，才能賺到小費。每當你得到乘客給的銅板，就按照數量畫在上面的圓圈裡；存到足夠的銅板，才能讓你妹妹動手術。

說到出差錯…… 乘客紛紛登船了，你正等著服務客人，某隻四條腿的長毛生物卻在這時將你撞到一旁；接著，那顆毛球衝過你身邊，竄進入口大廳的雙開門，跑進船艙裡了。

「我的寶貝！」有位女士尖聲說道。

寶貝？誰的「寶貝」會有尾巴和鬆軟的大耳朵？

你追著那隻小狗到主樓梯，牠在那裡跑上跑下，引發一陣混亂。你必須控制情勢，要不然船都還沒出港，你就要被炒魷魚了！

跟著牽繩走，找到正確的小狗！

如果你找到的是名叫蚤光的小狗，翻到第25頁。
如果你找到的是名叫閃電的小狗，翻到第123頁。

你介紹完環境後，墨提姆先生讚許的點點頭。可是接著他蹙起眉頭說：「不錯是不錯啦，可是我最愛的花呢？」

他生氣的指著小客廳桌上的那只空花瓶。你看著他手裡的那本書，腦中冒出一個想法……

在花瓶裡畫出墨提姆先生最愛的花。

翻到
第131頁。

「閃電，過來這裡！」你呼喚著。

小狗一聽到自己的名字，立刻平靜下來。牠蹦蹦跳跳的來找你，還跳起來舔了舔你的臉。你哈哈笑著、倒在豪華的地毯上，跟這隻調皮的小狗打打鬧鬧。他的鼻子上有一道白紋，真是可愛極了！

這時，一道陰影落在你身上。有位貴氣十足的女士用戴著珠寶的手指指著你。「就這一位！」她對站在後頭的你的老闆說，「這趟航程就讓他當我們的專屬雜役員吧！」你老闆馬上一口答應，可是你有點猶豫……嗯，最好翻到書末，先讀一點資料再答應。

「你覺得怎麼樣呢？」女士尖著嗓子質問。

如果你想說「不了，謝謝！」，翻到第25頁。
如果你想說「很樂意為您效勞，女士！」那就翻到下一頁。

「喔，真高興你和閃電處得來！」女士說完，朝你彈了一枚銅板過來。

把這枚銅板畫在小費計量器（就在你從觀禮票撕下來的紙片背面）上。仔細記錄你的小費收入，每分錢都很重要！→

噹！你可以將旅途中收到的小費累積起來，用來彌補你的低薪。

「我是墨提姆夫人，」女士說道，「我跟丈夫、小寶寶蒂芬妮同行。我們只帶了保母、男僕、女僕，還有管家各一位。所以你看也知道，我們根本走投無路！因為沒人可以負責提行李。」

你站了起來，拍掉身上的灰塵，忍不住笑了出來。墨提姆夫人的跟班比她的家人還多！女士淺淺一笑，對你眨眨眼，就像在說「我知道，我這樣很誇張！」她或許有點幽默感，你喜歡這點！

「說說看你的事，」她要求，「你為什麼接下這份工作？」

你迅速向她說明妹妹要動手術的事。她點了點頭，接著突然回到高傲的乘客模式，命令說：「麻煩將我們的行李集中起來，送進我們的艙房裡！」。

前往下一頁。

該工作了！拿一支手錶或計時器過來。
現在，你必須在20秒之內，
從這堆物品中找出墨提姆夫婦的10件行李——
他們的行李上，都有烙印代表墨提姆的字母「M」。

你在20秒之內找到了10件行李嗎？翻到下一頁。
你花了超過20秒的時間嗎？翻到第170頁。

你勉強把墨提姆夫婦的大部分行李塞進有蓋的推車裡，之後會由電動起重機將它們抬上船。

但還有剩下的行李呢，要怎麼擠上推車？如果你處理得好，就能得到墨提姆夫婦的套房房號，你必須把行李送到房間去。要是你搞砸了，不但浪費寶貴的時間，小費可能也拿不到了！

將下方的三件行李畫進右邊頁面裡，推車上的正確位置。
接著，從左到右讀出你看到的數字。
用這個數字作為線索，找到墨提姆夫婦的房號。

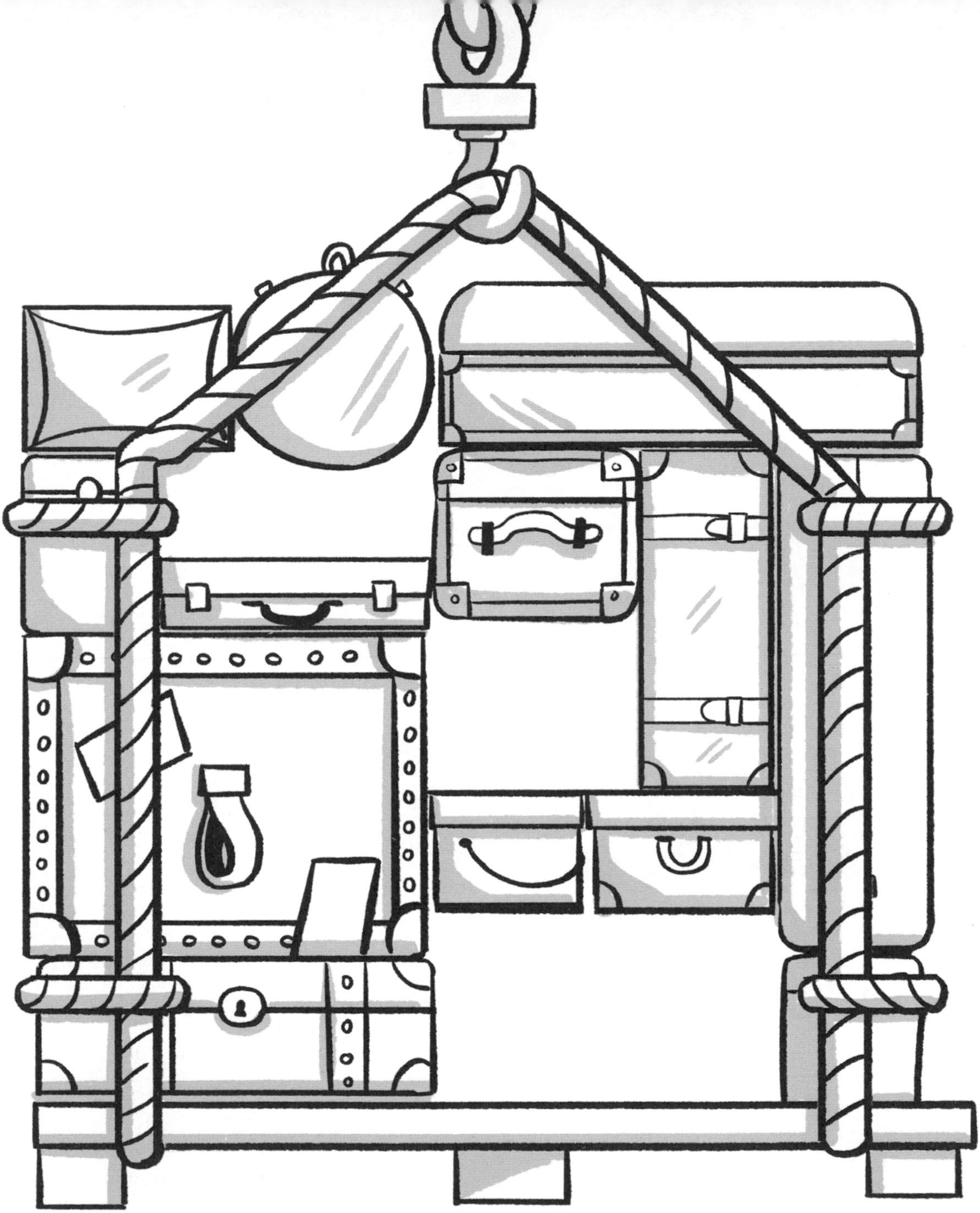

是602號房嗎？翻到下一頁。
還是260號房？翻到第113頁。

鐵達尼號上有四部電梯，其中三部是頭等艙乘客專用；你從頂層甲板推著行李，搭乘這三部電梯的其中之一往下降，抵達 B 甲板。你找對路了，墨提姆一家正站在 602 號套房外。

「你可來了！」墨提姆夫人看見你推著推車穿過走廊時嚷嚷，「我們在這裡等了整整兩秒！」你不確定她是不是在開玩笑，但是以防萬一，你還是為自己的嚴重遲到道了歉，並且為這家人打開房門。墨提姆夫人點點頭，但沒給你小費。

「我來介紹一下環境。」你說。你帶著這一家人參觀偌大的套房，裡面有兩間臥室、一間客廳、兩個衣帽間，還有一間私人衛浴。整個套房的空間就跟現今的小平房一樣大——而房客還可以獨享甲板上 15 公尺長的專用散步區。

導覽時間到了！用你的原子筆或鉛筆，在右邊的圖上畫出你走過的路線。記住，你的筆不能離開紙面。要從「起點」開始，並且遵照下列指示；

- 往上走到4號方格的中央。
- 右轉走到6號方格的中央。
- 沿著原路回到4號方格中央。
- 往上走到1號方格的中央。
- 右轉走到3號方格的中央。

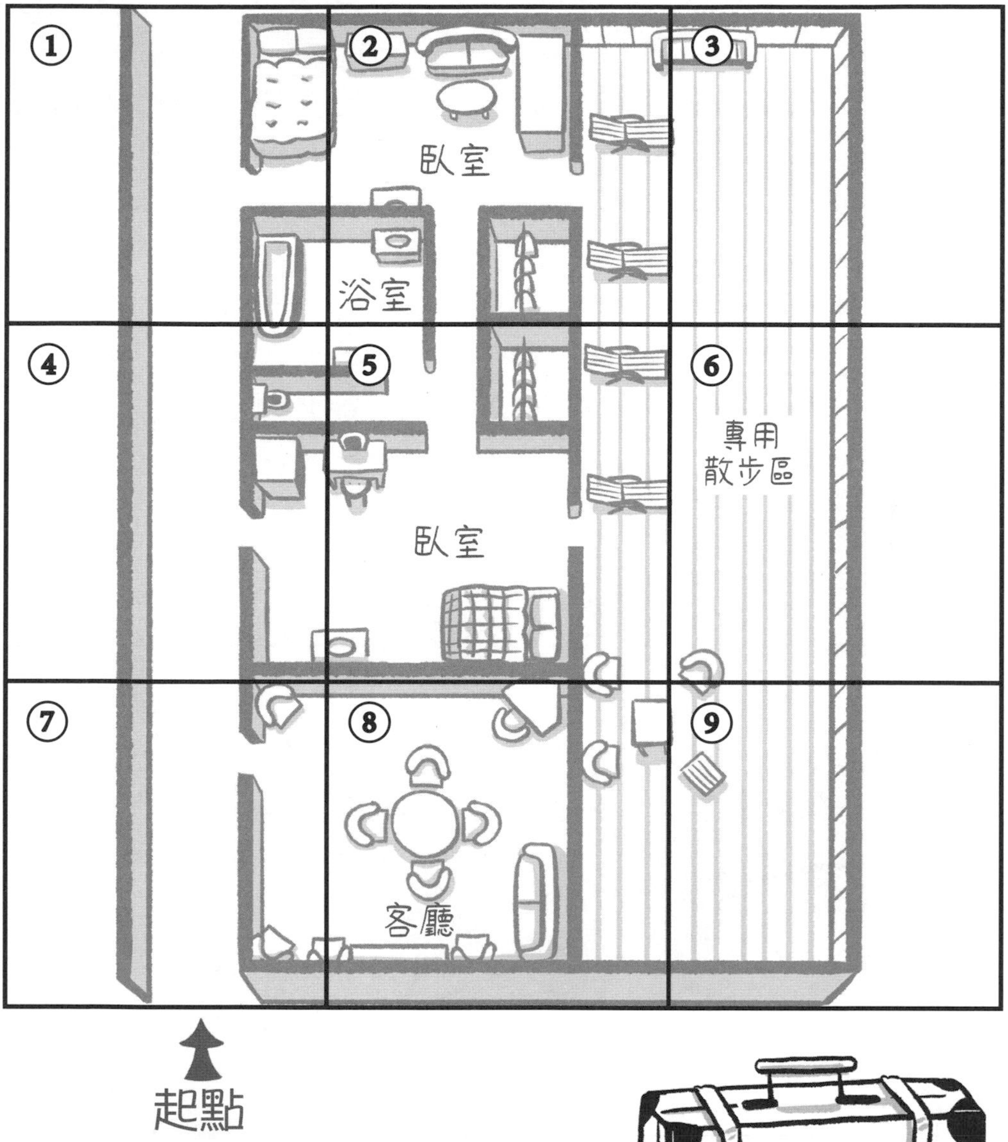

你走過這間套房後，
畫出的路線是哪個英文字母？
將字母寫在這邊的行李上。

需要幫忙嗎？
翻到第184頁。

完成之後，翻到第122頁。

「你走錯路了！」糾察長一邊說著，一邊揪住你的手臂，將你帶走。

歡迎來到禁閉室；沒錯，這裡是船上的牢房。唔，其實也不算牢房啦，因為鐵達尼號上沒有真正的禁閉室。糾察長只是讓你待在較低的甲板上、一間沒窗戶的空辦公室。他吩咐船員拿幾片麵包和冷湯過來給你，那是你唯一能見到人影的時候。

事實上，4月14日晚上 11：40，鐵達尼號撞上冰山時，你正在吃東西。船體因為撞擊出現巨大的裂口，冰冷的海水灌進船艙、也從鎖住的門下縫隙淹進禁閉室。你再也逃不掉了！

故事完結

吞下你的最後一口麵包，然後再試一次！畫出囊鼠阿米卡斯。如果你不只一次來到這裡，每次都為這張圖添點色彩，也可以為阿米卡斯加上鞋子、帽子或褲子……什麼都好！

你為了逃離糾察長而往左邊跑？回到第24頁改往右。

你拒絕了輪機長給的工作機會？回到第33頁再重新考慮。

你進了那間客房嗎？回到第21頁並改變心意！

「這些花真美！」墨提姆先生說，朝你拋了個銅板。你接住銅板、塞進口袋。

趕快記錄在小費計量器上！

「是啊，真好看，」墨提姆夫人對你說，「但我們還有更重要的事情！4月15日有一場小狗走秀競賽，我希望閃電可以得到首獎，牠得先好好休息。你先帶牠去散個步，然後就帶牠到狗屋去。」一聽到狗屋，閃電垂下腦袋，悲傷的蹭著你的腿。

這一家的每個人在套房裡各有自己的房間。但保母、管家、女僕和男僕則是住在附近的艙房。

為什麼不讓閃電留在這裡？總之，你只能乖乖照著墨提姆夫人的指示做。現在，你只希望自己記得要把牠送到哪裡去。狗屋在哪一層甲板上呢？

（提示你：想想你寫在第129頁的字母行李上的字母！）

如果你要去F甲板，翻到第30頁。
如果你要去E甲板，翻到第113頁。

你只花了幾秒就爬到頂端，沒想到此路不通！此刻你在這艘船的瞭望臺上，離海面 27 公尺高。

幸好，兩個瞭望員背對著你，正忙著掃視海平面。晴天時，他們的視線可以遠眺 19 公里遠。一旦發現危險或任何異狀，瞭望員就會搖響銅製的警鈴三次，並且用電話聯繫指揮駕駛室，通知船長。

應用在航行的雷達技術是鐵達尼事故許久後的事了……
所以這艘船上唯一的撞擊警示系統，就是人眼和人腦！

178

你知道糾察長還在離你後面不遠的地方。你想找東西來遮臉——例如望遠鏡。奇怪的是，這地方連一副望遠鏡也沒有！

你只好隨手抓起一份舊報紙，這應該是其中一位瞭望員掉的。頭版在講一種會吃人的奇特植物。你把報紙舉到臉前，假裝自己是在讀報的瞭望員。

艾菲爾鐵塔底部冒出一棵
有三張嘴的巨大植物！

畫出報紙上描述的那種吃人植物！然後前往下一頁。

其中一位瞭望員轉向你並且質問：「你來上頭幹麼？」聽起來很憤怒。

面對現實吧……這次用報紙、上次用食物，
其實都是相當失敗的偽裝！

那位瞭望員伸手要拿電話打給指揮駕駛室。就在這時，糾察長硬是擠進這個狹小的空間。

「別拿這種事去打擾史密斯船長了，弗力特先生、李先生，」糾察長說，「接下來由我處理。」瞭望員們舉起雙手，很高興擺脫了這個問題。

糾察長將你拉下瞭望臺，到了頂層甲板上。

翻到第32頁。

你正要離開狗屋時，另一位雜役員攔住了你。「嘿！墨提姆夫人正在找你。」你趕緊回上層甲板。可是墨提姆夫人不在她的套房裡。她去哪裡了？

她在海水游泳池裡嗎？那座游泳池約有 9 公尺長、4 公尺寬，是世上第二座海上的溫水泳池。或是在健身房？那裡有最新型的運動器材，包括電動馬和電動駱駝。還是在壁球場？只有這艘船才有這種球場，只要美金 50 分，就可以租用球場半小時。或者她在做土耳其浴，在蒸氣室、加溫室、洗浴室或冷卻室裡休息？還是在理髮廳？乘客可以坐在兩張旋轉椅的其中一張，刮鬍子、洗頭或剪頭髮，每種服務各收美金 25 分。或者在攝影暗房？那裡的設備可以供業餘人士沖洗旅途中拍攝的照片。

看到右頁的圖中有編號的六個方格了嗎？依照編號在下面畫出每個方格中的圖。我已經幫你完成了第一個。畫完之後，你將會得到一個大線索，讓你查出墨提姆夫人的下落！

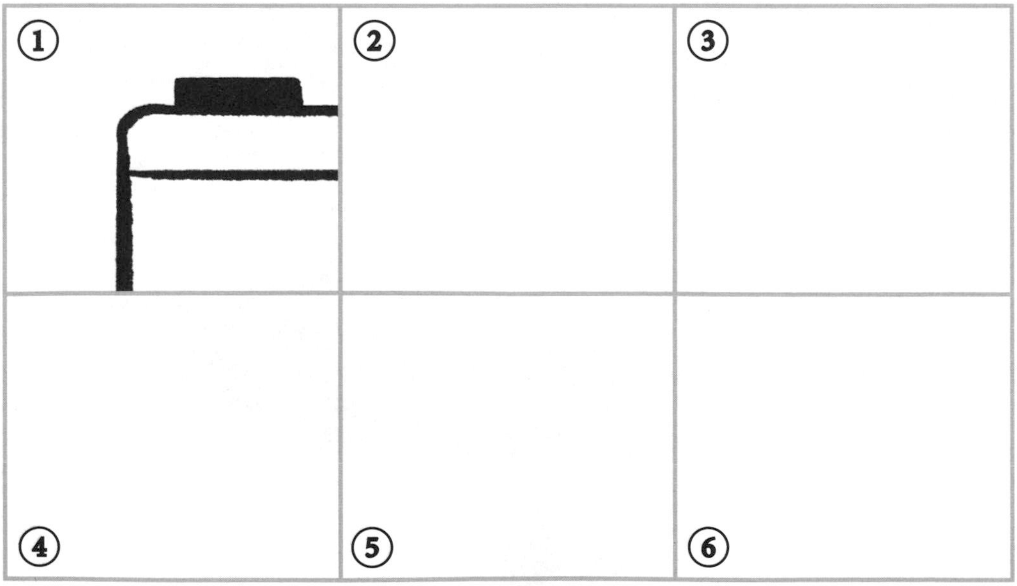

需要幫忙嗎？翻到第 185 頁。

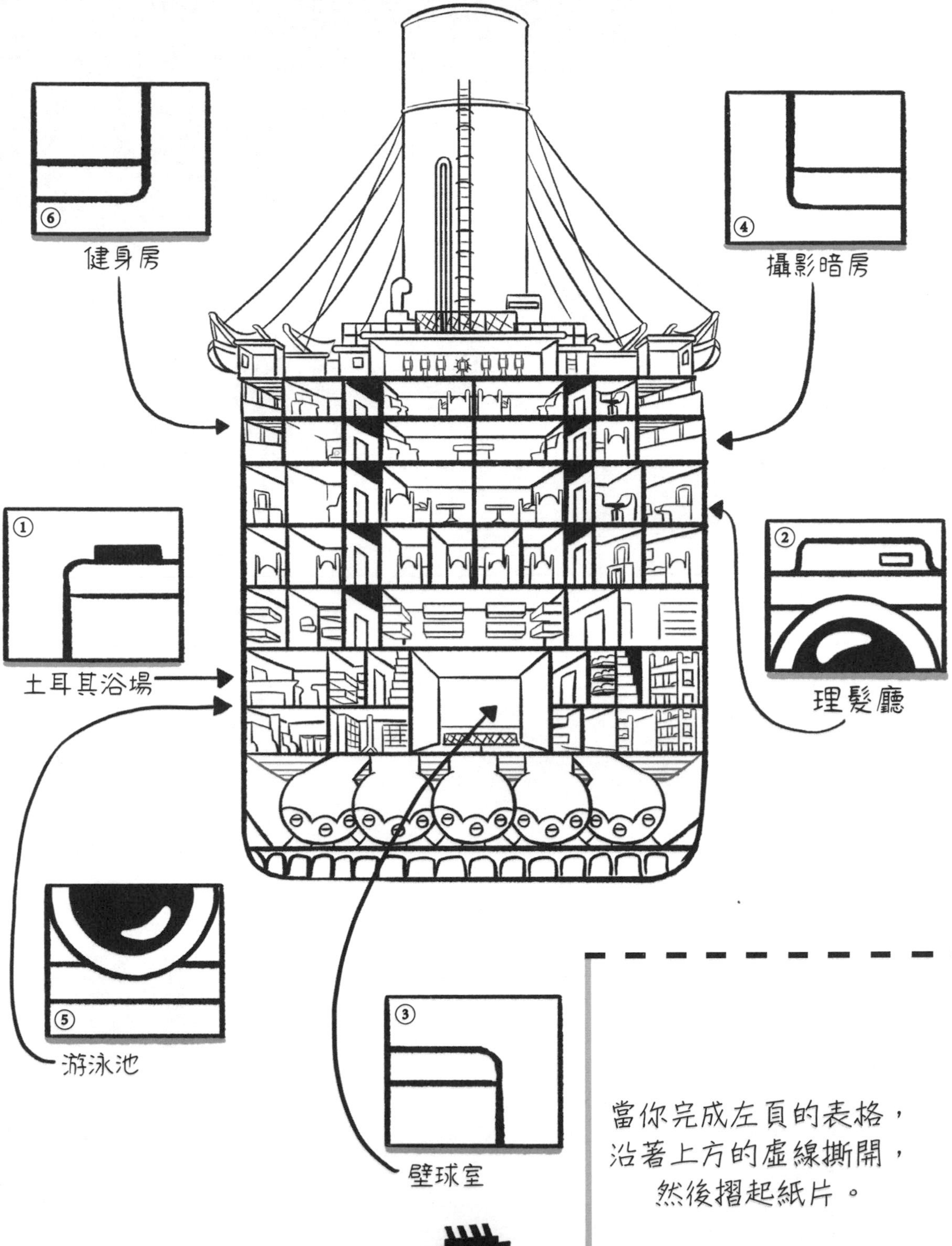

當你完成左頁的表格，
沿著上方的虛線撕開，
然後摺起紙片。

「喔，終於！」墨提姆夫人看到你出現，又放聲嚷嚷。「我要你替我跑一趟海上郵局，將我正在沖洗的這張照片寄給我在波士頓的婆婆。這張照片，是我們家保母帶著寶寶在健身房裡，拿著氣球騎電動駱駝！你將照片沖洗完，再放進這個信封裡。」

其實郵件就算送到海上郵局，也要等船抵達紐約市，才寄得出去。但你沒說出口，因為你認為墨提姆夫人也知道，她只是愛找事做。

在這裡畫出墨提姆夫人描述的照片。
別忘了要有寶寶、保母、氣球，還有健身房的電動駱駝！

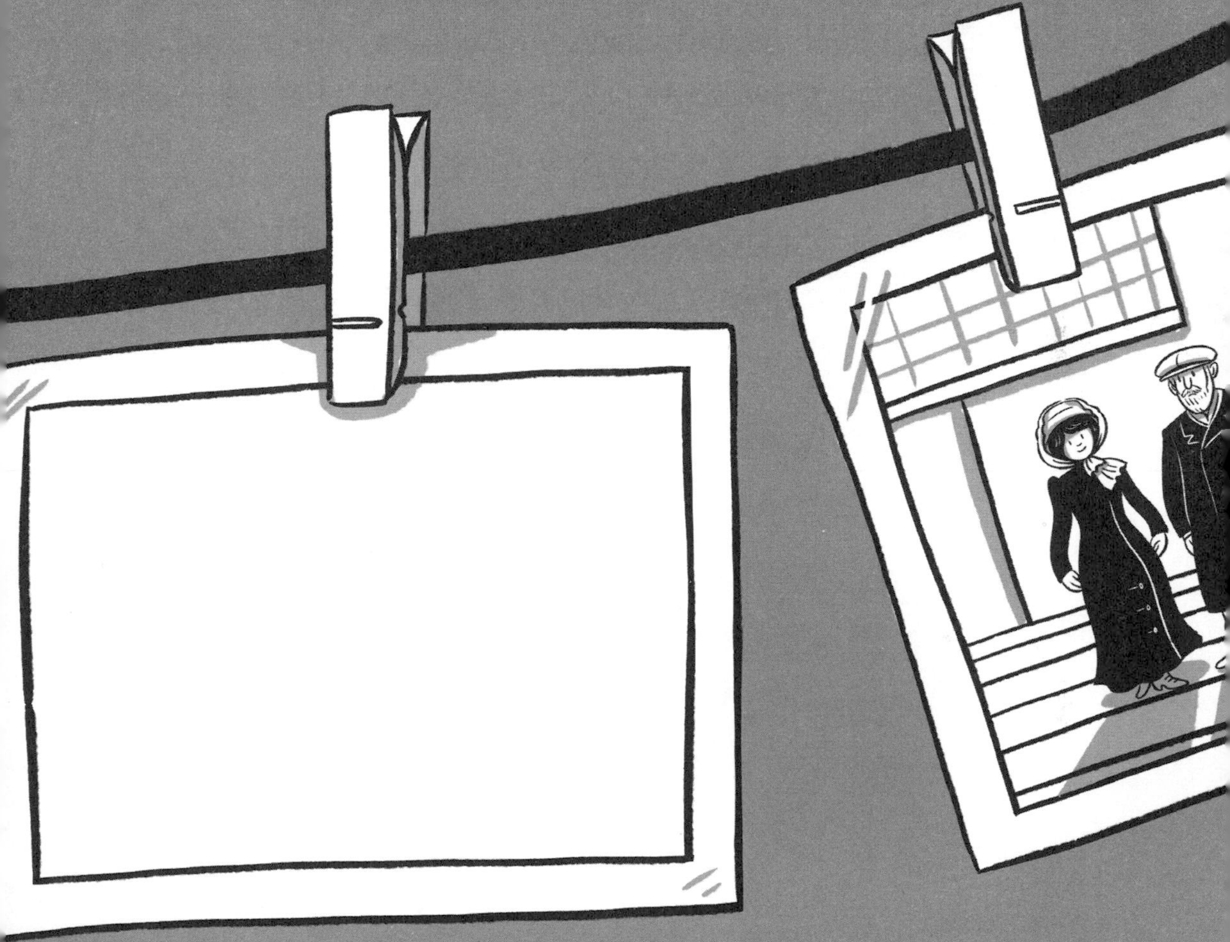

照片畫完了嗎？太好了！
把她遞給你的銅板加進你的小費計量器裡，
然後翻到下一頁。

海上郵局從鐵達尼號的 F 甲板延伸到 G 甲板。你抵達郵局時，有兩個男人正把一袋袋郵件丟到長長的櫃臺後方，另外三個人則負責將這些郵件細心分類。他們當中有兩位是英國人，三位是美國人；五位全都名列全球最優秀的郵務士。

在這趟航程中，他們每天忙著分類、註銷和重新分發 6 萬封左右的郵件。等鐵達尼號抵達紐約，郵件就可以立刻發送或轉寄到其他目的地。

這些郵件讓你驚訝的吹了聲口哨。一位忙著工作的郵務士抬起頭，露出笑容。「這裡有 3423 個布袋，裡面共裝了大約七百萬封郵件。我們已經忙了一個小時，檢查所有的郵袋，把航程中不需要打開的布袋收好。」

「我不知道郵局在這趟航程裡扮演這麼重要的角色。」你說。美國郵務士笑得更燦爛了。「這艘船可是 RMS 鐵達尼號。RMS 是 Royal Mail Ship 的縮寫，意思就是皇家郵輪。」

噢！現在我想起來了。
這艘船就像是漂浮在海上的郵局！
郵件
郵件

前往下一頁。

你做了一個決定，要從這艘船上寄一張明信片給你的媽媽和妹妹。

畫出你的明信片。也許你可以畫出到目前為止，
你在這艘船上的某段歷險。

翻到第41頁。

1912年4月14日

夜晚11點38分：瞭望員弗力特和李都看到「高出水面許多」的「黑色物體」。他們搖了三次警示鈴，並且打電話到指揮駕駛室。

夜晚11點39分：史密斯船長在他的膳宿區裡。當時負責指揮的是大副威廉・莫朵克，他下令「向右舷打滿舵」繞過冰山。接著他通知輪機室「停止、全速後退」，設法讓船轉向。

意思就是往右轉

重達一百公噸的船舵開始帶著船轉向，引擎也開始回應。可是已經太遲了，鐵達尼號還需要約0.8公里的距離緩衝，才能停下來。

夜晚11點40分：來不及了，鐵達尼號還沒有停下來，冰山已經切穿船殼。

翻到第42頁。

你試著轉動門把。但這道實心的橡木門緊緊鎖上了！

快想想辦法。怎樣才能進去？

也許你不用進去！當初你把信封留在靠近房門的地方。而房門下有個滿大的縫隙。你只需要找個東西從門縫裡伸進去，說不定就能把那封信貼著地板拖出來。

對了，可以用你的原子筆或鉛筆！

沿著這一頁下方的兩條虛線撕開。
不用把紙片掀起來。
直接把原子筆或鉛筆伸進縫隙底下，
在第143頁上畫一個叉叉。

完成之後，翻頁看看你用叉叉勾到什麼東西！

你勾到你要的信封了嗎？
一直試到成功為止！

拿到你要的信封之後，翻到下一頁。

太棒了！你拿到信封了！

你小心的撕開封口，取出自己的明信片，再將墨提姆夫人的照片放進去。你將重新封好的信封和明信片塞回房門底下，這時有一道陰影籠罩你。

「你在這裡做什麼？」有個生氣的聲音質問你。

翻到第102頁。

記得，你找到對的信封時，
要回到第142頁。

你往右走，到郵輪右舷的甲板上。你爸爸和他的樂團正好在那裡，和另外幾個樂手在一起。

你爸爸雙眼噙著淚水，他以為再也見不到你了！

你爸爸和其他人為了安撫乘客，已經在主樓梯的出口附近演奏了將近兩小時。右舷甲板上的乘客似乎沒那麼慌亂。負責指揮的船員——大副莫朵克比較願意放男人和年紀稍大的男孩上救生艇。

「爸！」你大喊。他把頭猛的一抬，抹去淚水，彷彿不敢相信自己的眼睛。「你來了！」他丟下小提琴，衝到你身邊。「我以為你一小時前已經搭上救生艇離開。想說你安全了，心裡很高興！」

「我不能丟下你、自己離開。」你說。你們擁抱的時候，其他樂手繼續演奏。你的心好像要因為快樂而爆開來。

畫下你的心跟著樂團快樂演奏的模樣，
然後前往下一頁。

有人將你們一把推到（shoved）旁邊，打斷了你們的擁抱（hug），原來是伊斯梅先生。當初是他限制了鐵達尼號的救生艇數量（number）。他擠過你和你父親（father）身邊，並且在救生艇往下降到水面（water）時跳進去（jumps）。你和爸爸對那樣的行為感到不屑！

「來吧，」你爸爸說，「我來替你（you）找一艘救生艇吧。」這一側的甲板上現在只剩三艘救生艇，正準備要往下降。

呃，英文的時態和單複數，先忽略好嗎！

在右邊的字謎裡，藏了上方括弧中的7個英文單字。請把它們找出來。
它們在字謎裡的順序可能是由下往上、由上往下、左往右、右往左，或是呈斜線排列。最後，把剩下的字母拼起來，就會知道你下一步該怎麼做！

T	S	R	U	R	N	Y
N	H	T	E	U	H	O
E	O	U	M	T	P	U
A	V	B	G	G	A	E
R	E	H	T	A	F	W
R	D	J	U	M	P	S

找到那些單字後，將剩下的字母依照每橫排的順序寫在這裡，然後照著這個指示行動。

__ __ __ __　__ __ __　__ __ __ __

需要幫忙嗎？
翻到第185頁。

你找到一艘折疊式的救生艇，長約 8.5 公尺、寬 2.4 公尺、深 0.9 公尺，可以承載 47 人。裡面幾乎坐滿了幼童和幾位照顧他們的婦女。

「你先去搭吧，」爸爸對你說，「救援的船應該快要到了。如果沒有……嗯，替我向你媽媽、你弟弟說再見，還有告訴他們，我愛他們。」

鐵達尼號的船首已經幾乎全沉到水面下方了。「不！」你說，「救生艇上有那麼多孩子，需要有人幫忙划船、控制方向！」

一旁的船員同意你的說法。其實，

你不確定那個人是不是船員，他看上去像是個少年雜役。

「說得沒錯，」那位少年雜役說，「你們兩個都上船吧。唯一可能過來救援的船還在好幾公里外，來不及在鐵達尼號沉沒以前趕過來。」

你和爸爸點頭致謝，兩人一起爬上救生艇，並肩坐著。你可以看出來，這是最後的幾艘救生艇之一。但是你知道鐵達尼號上一定還有好幾百個人。

雜役員和其他船員用繩索和滑輪，將你們的船往下降到海面上。

把你和你爸爸畫在這艘救生艇上！

翻到下一頁。

你們搭的救生艇嘩啦一聲撞上水面！原本明亮的兩盞吊燈，有一盞從船邊滾落，你還以為整艘救生艇就要翻覆了。在海浪的推湧下，救生艇狠狠撞上了鐵達尼號的一側，很多孩子都放聲尖叫。

你和你爸爸盡力安撫他們，同時各自抓起一把船槳、插進水裡，開始將救生艇划離鐵達尼號。

好吃力啊！做出你在划船時，讓船槳維持在水裡的樣子。
用原子筆或鉛筆的筆尖，從這一頁的背面刺穿左下方的
白色圓圈，然後來回擺動。

在這裡畫出至少5道記號。

前往下一頁。

搭你這艘救生艇的人運氣不錯，你和你爸爸很快就將船划離鐵達尼號。這艘華麗的巨型郵輪在約15分鐘之後沉沒時，船體裂成了兩半、電燈也完全熄滅……

當時的景象恐怖至極，讓你永生難忘……幸好你們幸運的逃過被吸入水裡的命運。

翻到第108頁。

被冷麵灑了一身的乘客氣炸了！有幾位乘客發出竊笑。墨提姆夫人張嘴準備痛罵你一頓，可是她看到你臉上的神情，表情從生氣轉為擔憂。她還來不及說什麼，你的老闆就衝進棕櫚廳。

「船撞上冰山了！」他大喊。

嗯，要是由我來傳遞這個消息，我會稍微換個說法。

乘客和工作人員都開始竊竊私語，只有樂團還繼續演奏，這似乎讓大家不至於太過害怕。

「這艘船會不會……？」有位女士問。她顯然不想說出「沉沒」這個字眼。

「當然不會了。」另一位乘客說。

「我可沒那麼確定。」你老闆說。

這下好了，乘客不再輕聲細語，大家的恐慌瞬間爆炸開來。

把擔憂想像成岩漿，畫出「擔憂火山」大爆發的景象！

前往下一頁。

「各位請保持鎮定！」你老闆終於開口。

可是已經太遲了。墨提姆夫人站了起來。

「來吧，親愛的，」她對丈夫說，「我們必須去找寶寶，然後去搭救生艇。」

「女士！」有人高聲呼喚。墨提姆家的保母站在門口裡面，她滿臉通紅，抱著墨提姆家的寶寶。他們的管家、女僕、男僕就站在她身後。

「好，我們都到齊了，」墨提姆夫人邊說邊向外走去，並催促大家，「如果你們夠聰明，就會趕快到救生艇那邊，立刻！」你和其他乘客都聽到了。

「閃電該怎麼辦？」你對著墨提姆一家呼喚，可是他們完全沒有停下腳步，離開了棕櫚廳。

一定有時間可以到F甲板，把閃電從狗屋裡帶出來……時間總不可能少成這樣吧？

很遺憾的，時間就是這麼少又寶貴。
不到一個小時，你就會永遠被困在鐵達尼號上。

如果你決定去把閃電接出來，翻到第153頁。

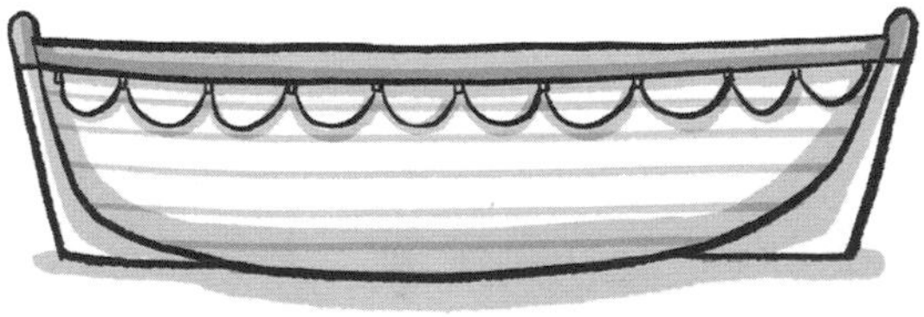

如果你決定直接去搭救生艇，翻到第12頁。

你朝門把伸手，毫不猶豫的將門用力打開，衝了進去……

結果竟然是鐵達尼號的指揮駕駛室，也就是船長駕駛這艘船的地方。

好啦，好啦！關於藏身的地方，我說了謊。
我保證不會再耍花招。從現在起，
我跟你講的事情都是真的……也許吧。

你可以回到第11頁，做出不同的決定。只有這一次機會喔！
我的囊鼠阿米卡斯未來可能會出手幫你忙，可是我不會！

閃電，我來了！你一邊跑一邊想著。

你往外衝到甲板上，目標是 F 甲板的狗屋。突然間，你聽見狗吠聲此起彼落！一群狗驚慌失措的在甲板上衝來衝去。一定有人將狗屋裡的小狗都放出來了。你掃視牠們的臉，想找到閃電。

你找到閃電了嗎？

將這一角摺起。

你衝下主樓梯，往F甲板跑去。一群群驚恐的乘客穿著救生衣離開艙房，朝著你迎面跑來。你在人潮中穿梭，但大家看你穿著制服，就對你拋出一堆問題。「發生什麼事了？是演習嗎？」他們追問，「我們有危險嗎？」

「我不確定，」你老實的告訴他們，「請保持鎮定，到頂層甲板去。」

鐵達尼號上沒有廣播系統可以即時將情況傳達給乘客和船員。船上的工作人員必須到一間間艙房去通知每位乘客，但顯然他們沒提供多少訊息——只是交代大家穿上救生衣、到頂層甲板去。

你應該照著指示保持鎮定。
想一個讓你覺得很平靜的地方，並把那個地方畫在這裡。

翻到下一頁。

你往下飛奔到 F 甲板。通往狗屋的門沒鎖，裡面的籠子全都打開了……除了一個。

起初，籠子裡找不到任何東西，接著你聽到嗚咽聲。閃電還在牠的籠子裡，害怕得渾身發抖。牠就縮在角落，路易斯一定是漏看了！

你必須把閃電救出來，可是籠子鎖住了。路易斯把鑰匙收在哪裡？你之前來這裡時，看過他收起鑰匙……

你還記得他收在哪裡嗎？

沒時間讓你嘗試錯誤了。現在海水已經湧進鐵達尼號裡面，因為船身被冰山撞出裂口了。沿著虛線撕開，翻摺正確的紙片，找出鑰匙——動作要快！

時間就是金錢……
所以你每挑錯一次，
就要從小費計量器裡
扣掉一枚銅板！

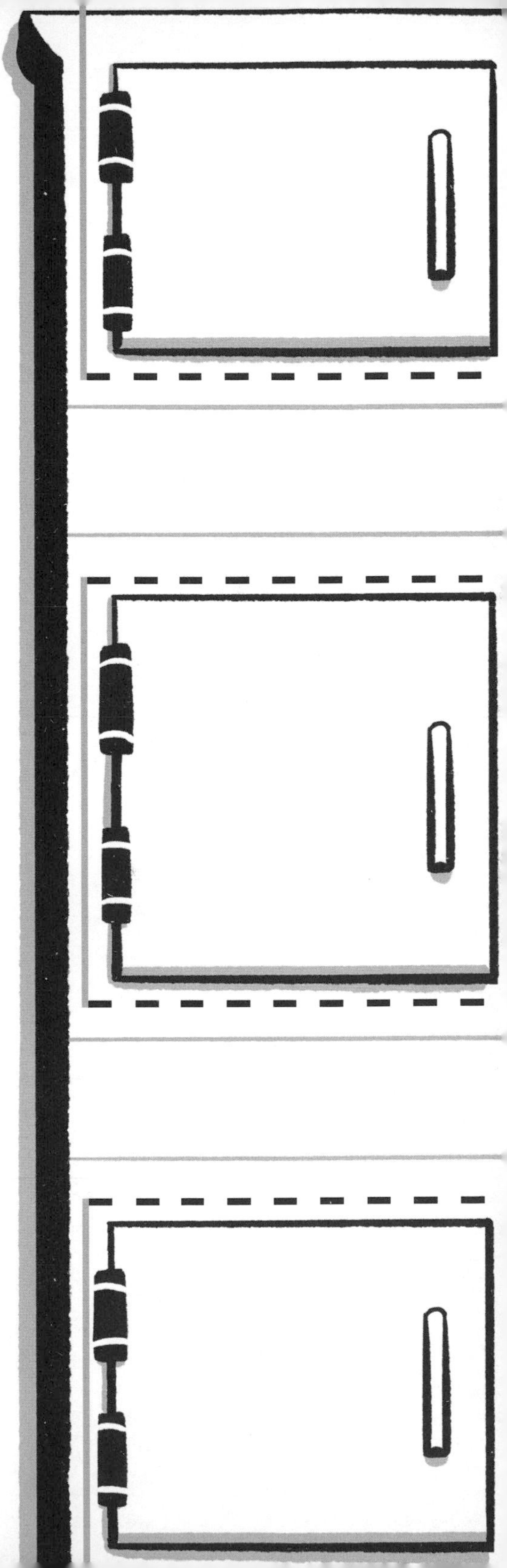

鑰匙不在這裡！
從你的小費計量器
劃掉一枚銅板。

你辦到了！

籠子猛的打開，閃電跳進你的臂彎。你匆匆摟了牠一下，牠快樂的舔著你的臉。

很好，但是沒時間慶祝團圓了。你腳下的地板已開始傾斜，鐵達尼號持續在下沉，走廊裡也漸漸灌滿冰冷的海水。你們必須迅速離開這裡！

我知道什麼東西可以幫助你
不要踩進海水裡。
畫你自己踩在一雙高蹺上走路。

成功！你找到鑰匙了！
翻到下一頁。

鑰匙不在這裡！
從你的小費計量器
劃掉一枚銅板。

翻到下一頁。

你緊緊抱著閃電，在冰冷的海水中跋涉，努力往上趕到頂層甲板去……

甲板上一片混亂。人們已經開始坐進救生艇，可是鐵達尼號上大約有 2200 個人，救生艇卻只容得下一半左右的人而已。很多人在大喊、推擠。

一聲槍響出現，你老闆朝著天空開槍，要大家聽從指令、鎮定下來。「婦女和小孩優先！」他大聲喊，「15 分鐘前，卡柏菲亞號接到我們的求救訊號了，但當時它還在距離我們 94 公里的東南方！」

如果他希望大家鎮定下來，這種說法可達不到效果。

你看到墨提姆一家的行李就堆在附近。你很訝異他們竟然還浪費時間去拿行李！

你把手伸進墨提姆夫婦的行李箱，隨手抓起一條小毯子，用來裹住閃電。牠看起來像個寶寶——非常有趣的寶寶。

畫出閃電被包在毯子裡的舒適模樣。

翻到第74頁。

原來雙胞胎想到美國當廚師！你覺得這個想法很棒，沒什麼好難為情的。也許他們可以從你爸爸朋友經營的餐廳起步。你等不及要問你爸爸，他覺得這個構想如何！

「跟我來。」你對雙胞胎說，然後領著他們到你的艙房。你爸爸一直忙著演奏音樂，你還沒有機會把他介紹給朋友。

你打開艙房的門，看到的不是那個開開心心、總是吹著口哨的父親。反而看見他癱在床上，臉色發青的呻吟著。原來他暈船得很嚴重！

雙胞胎問你說怎麼了，你抽出自己的筆記本和筆，畫圖向他們說明。

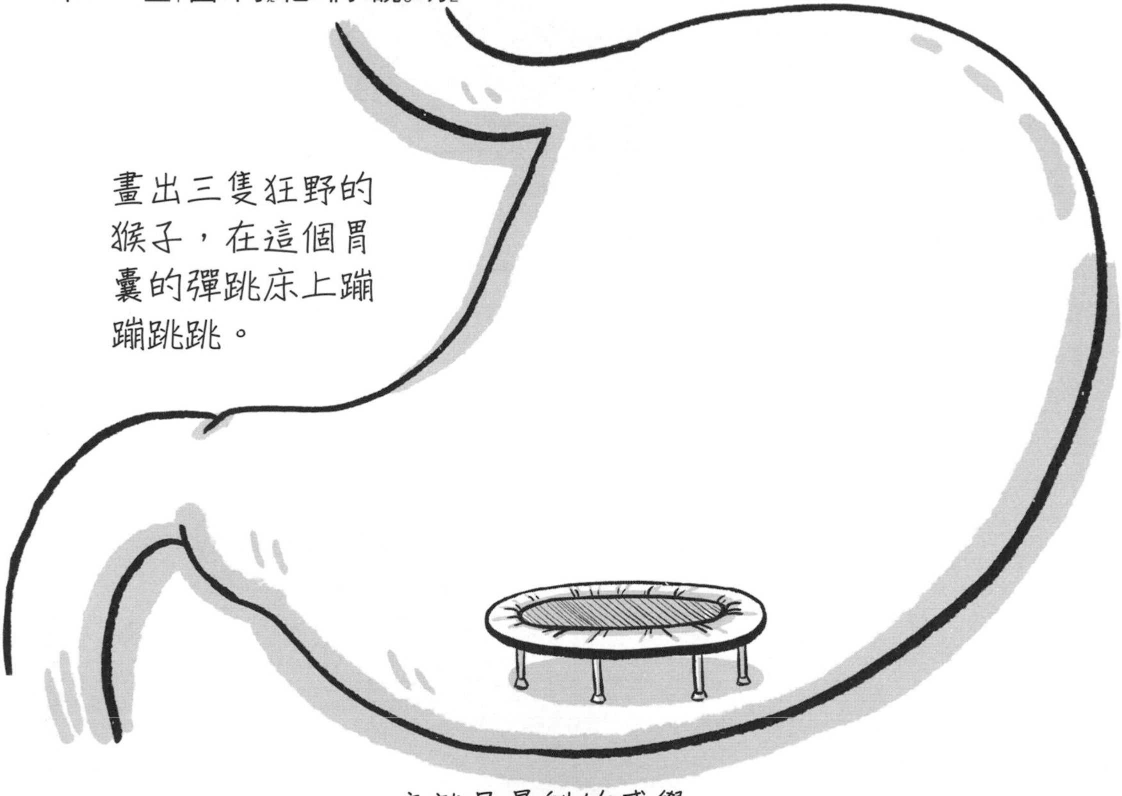

畫出三隻狂野的猴子，在這個胃囊的彈跳床上蹦蹦跳跳。

這就是暈船的感覺。

前往下一頁。

你爸爸勉強向雙胞胎打聲招呼，然後嘆口氣：「我今晚應該在晚餐時演奏，之後還要到棕櫚廳表演。要是我沒出現，就會被炒魷魚。」

丹提毫不猶豫的拿起小提琴放進你手裡。你問他在做什麼，妮可拉輕輕將你推向門口，他們都對你點點頭。

你猜到他們鼓勵你去做什麼。「你們要我代替我爸爸去演奏？我會被抓的！」妮可拉聽懂了你的擔憂，眼珠轉了轉，「Vivi la vita!」她說。聽起來意思是「好好享受人生！」

「可是我爸爸怎麼辦？」你問，「我不能丟下他一個人。」「我不會有事的，」你父親一邊說著，一邊坐起身，「你可以挽救我的工作。如果我想找一份好教職，會需要在船上演奏的經歷。」

「特別的茶。」妮可拉用英文說。她匆匆畫了幾張圖，讓你明白她母親會在他們身體不舒服時，泡一種特別的茶；他們會拿那種茶過來給你爸爸，並且在艙房裡陪他，還會帶桌遊過來！

你想稍微休息，玩玩雙胞胎的桌遊嗎？翻到第76頁。

如果你只想集中精神準備演奏小提琴，翻到第78頁。

4 月 15 日凌晨 2 點 5 分，你協助乘客搭上最後一艘救生艇，目送救生艇離開鐵達尼號。

在過去這一個半小時中，你賣力工作，完全沒意識到鐵達尼號已經沉入海裡有多深。此刻，船頭幾乎完全沒入海中。海水湧進輪機室深處的鍋爐，鍋爐隨之爆炸。

沒有時間了！現在你必須立刻逃生，
不然你會跟著鐵達尼號一起沉入海底。

就在這時，鐵達尼號開始斜插進海面、加速下沉，船尾翹起朝向空中。

船的尾端也可以叫艉樓。

如果你決定沿著傾斜的甲板往上跑，翻到第61頁。
如果你想留在原地，翻到第162頁。

一位頂著行李箱的房務員經過你身旁，他轉身的時候，行李箱不小心撞到你。你踉蹌了一下，往欄杆撞去，接著往後一翻，摔出欄杆外。

當你摔進冰冷的海水，忍不住想著自己該更努力接收逃脫大師的暗示！這下你無法再回船上了。

這件事再真實不過——能夠認出誰有真功夫的人，才能完成偉大的逃脫！

你無法搭鐵達尼號旅行了，現在你只能打電話給克萊門斯阿姨，請她來接你回家。畫出你領悟到這件事時的表情！

故事完結

你沒鑽過人群
去追那個小鬼？
再試一次。回到第60頁！
想換個方式
找那個消失的孩子嗎？
到第65頁再試一次！

你沒有拔腿就往船尾衝，而是等待船往下多沉一點。當水面更近，你才從船上往下跳。

175

你掉進冰冷的海水裡，忍不住大口喘氣，覺得心跳就要停止了。

179

你奮力往前游了好幾公尺，想遠離這艘船，但一股強大吸力把你拉回船體裡，讓你無法控制的撞上一座巨大通風管的金屬網篩。這座通風管通向輪機室，鐵達尼號下沉時，海水灌進通風管裡，強大的水力將你壓在金屬網篩上。

你就要跟著船沉下去了！如果有一股強勁的空氣，從通風管裡往外吹，你就能克服水壓、恢復自由……一個危險的計畫在你腦海裡浮現，但你有可能成功！

跟著這個管子迷宮，從輪機室裡的爆炸鍋爐開始，
走出通風管。你沿路通過的數字將會告訴你，
接下來該到哪一頁去。

需要幫忙嗎？
翻到第184頁。

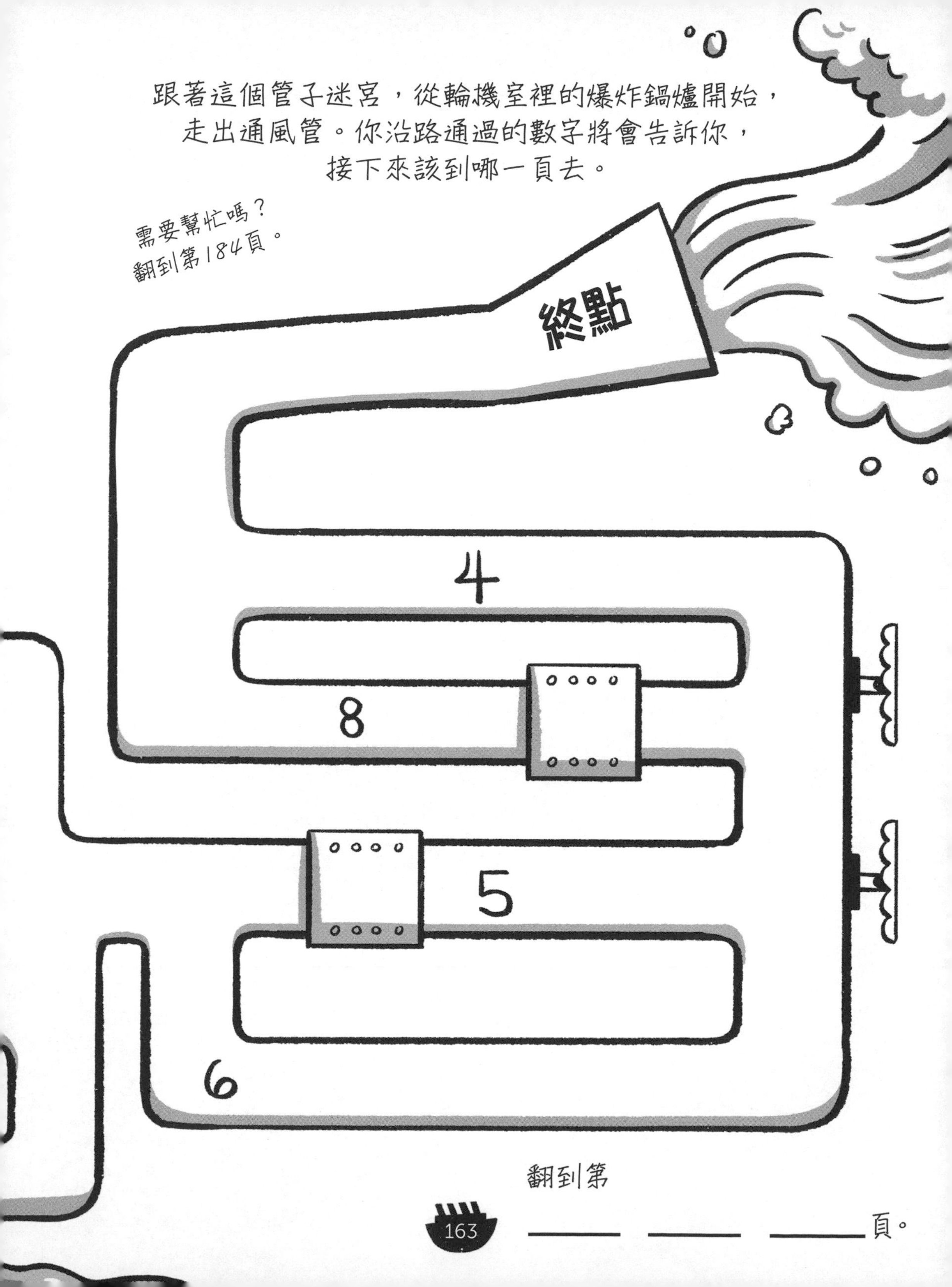

翻到第 ____ ____ ____ 頁。

太棒了！你辦到了！

爆炸產生的熱空氣從通風管裡衝出來，也將你推回海面。然而，下沉中的郵輪又帶著海水將你往下拉。當你再次浮出水面時，身旁有一艘船底朝天的救生艇。

你抓住救生艇一側的繩索，將自己拉上那艘翻覆的船。做得好，只是恐怕你還沒脫離險境。

鐵達尼號上有四根重達 60 公噸的煙囪，每根大約有 6 層樓高、6.7 公尺寬，其中一根斷開來了。

你眼睜睜看著斷掉的煙囪慢動作似的朝你砸下來……砰轟！

煙囪猛力砸進水裡，離你只有幾公尺！

沿著這條線摺起來，看看你發生了什麼事！

翻到第49頁。

郵輪有好大一部分都在水面下了，海水淹過了高聳的艙壁。當你沿著樓梯往上逃命時，海水朝著你撲來。蘇格蘭路現在淹成了一條河，海水在長長的走廊上奔騰，幾乎灌進鐵達尼號的所有區域。

你找不到路上去有救生艇的郵輪甲板層，海水毫不留情的從四面八方洶湧而來……

將這些點照順序連起來，看看接下來要翻到哪一頁。
這次你可以相信我，我保證！

你要前往的頁碼是：＿＿＿ ＿＿＿ ＿＿＿

需要幫忙嗎？
翻到第185頁。

你抵達郵輪甲板時，已經是凌晨兩點，最後一艘救生艇正從鐵達尼號的側面往下降。你很快就想到，那兩個義大利小孩應該摸清楚狀況了——希望他們現在已經好好坐在救生艇裡，跟郵輪拉開一段安全距離。

別擔心，我可以看到他們……他們已經搭上一艘救生艇。

從上頭這裡可以清楚看到，鐵達尼號只能再撐幾分鐘了。因為船頭正不斷往海裡栽，使得甲板越來越斜。你的視線越過欄杆，最後一艘救生艇正往海面下降到一半。你還是可以上去……如果你真心想嘗試。

如果你想往下跳到救生艇上，翻到第53頁。
如果你決定另外想辦法逃離，翻到第51頁。

你破壞鎖頭、推開折疊閘門後，開始往有救生艇的甲板走。你的朋友和大約一百位乘客都在後頭跟著你。

你們到了郵輪左舷的甲板……那裡亂成一團！

翻到第98頁。

「很抱歉，」你對艙房裡的墨提姆夫人說，「我犯了一個小錯……」

你還來不及解釋，墨提姆夫人就舉起手要你安靜。接著將你趕出去，用力甩上門。

我想，她不喜歡「錯」這個字。你知道還有誰不喜歡？你的老闆！他在走廊上，什麼都聽到了。他同樣不想聽你解釋，劈頭就說：「她是我們最重要的客人之一，你不該惹她生氣！去掃廁所！」

故事完結

呃。現在的情況可能比撞上冰山還糟糕！
我們再試一次吧。

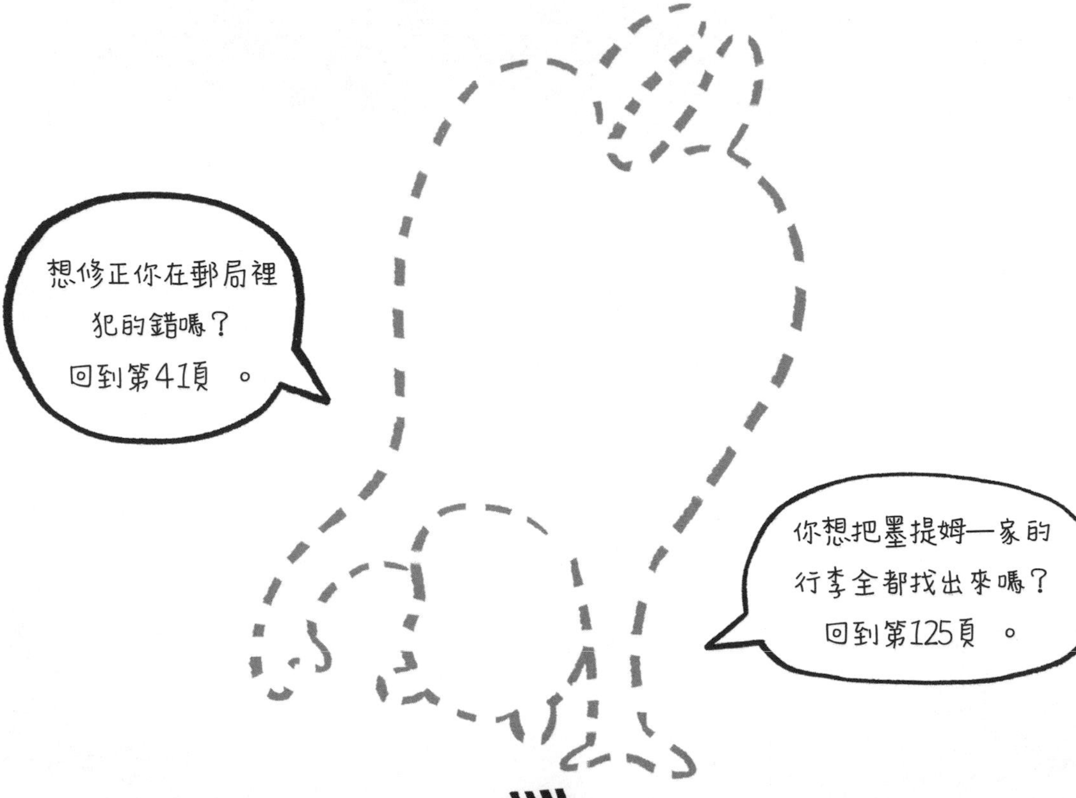

想修正你在郵局裡犯的錯嗎？回到第41頁。
你想把墨提姆一家的行李全都找出來嗎？回到第125頁。

「我還以為你懂煤炭，」貝爾先生一邊說著，一邊對你剛犯下的失誤搖著腦袋，「讓你下來進到輪機室裡，還是太冒險了。」

「那我還能去哪裡？」你問。

「到禁閉室去，一直到航程結束。」貝爾先生回答，「對你來說，那裡是船上最安全的地方。」

現在他才是那個犯下失誤的人。鐵達尼號一旦撞上冰山……這艘船上沒有任何地方是安全的。還是讓阿米卡斯幫忙吧！

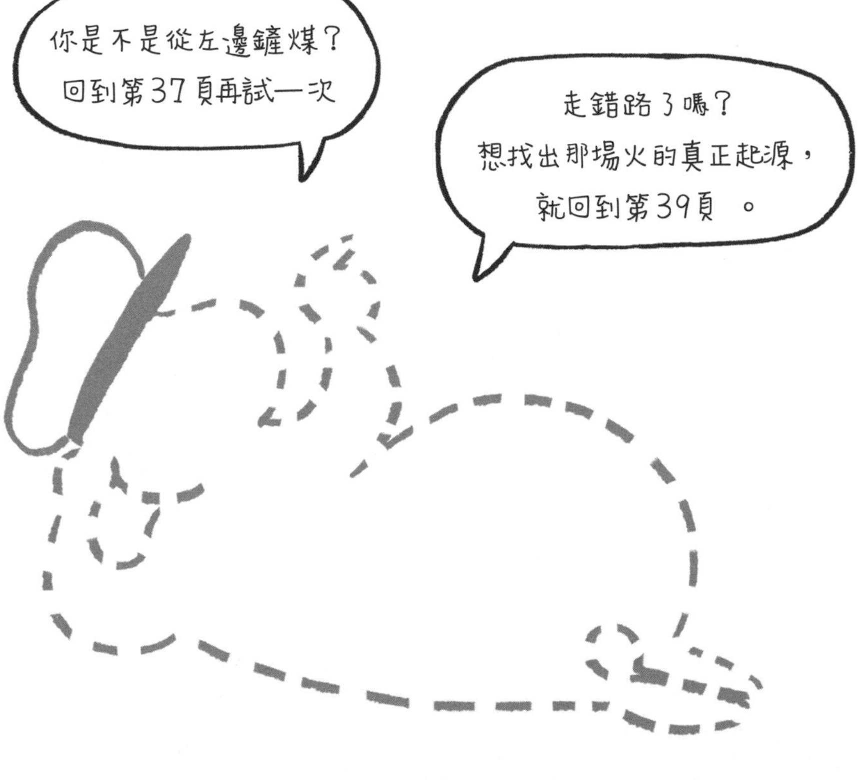

你是不是從左邊鏟煤？
回到第37頁再試一次
走錯路了嗎？
想找出那場火的真正起源，
就回到第39頁 。

皇家郵輪卡柏菲亞號全速穿越危險的浮冰區，在疾駛大約 96.5 公里、通過六座冰山後，以它所能達到的最快速度，趕到鐵達尼號失事的地點。

卡柏菲亞號在凌晨四點鐘抵達，並在接下來的四個鐘頭內，救起了鐵達尼號的生還者，包括你。

你現在正安全的繼續前往紐約。成為生還的幸運兒之一，讓你既開心又難以置信。

做得很好，你成功逃脫了！

當你分別以三個不同的角色成功逃脫，
回顧一下你的歷險經過。

在這裡將自己畫成
開心的偷渡客。

在這裡將自己畫成
得意的乘客。
在這裡將自己畫成
出色的船員。
我有個特別的訊息……
但是只有真正有心想成為逃脫大師的人才能閱讀！
回到第7頁，嘗試扮演另一個角色。
當你完成這三個角色的全部逃脫任務，
再翻到第174頁。

我要好好恭喜你！你表現得可圈可點，成功完成了我最艱難的逃脫挑戰之一。

我叫伊弗洛・切里胥韋斯。沒錯，你一定聽過我這號人物。畢竟我可是全宇宙最受尊崇的逃脫大師，我的技巧是其他人望塵莫及的。

不過……

逃脫大師也有需要助手的時候，這也是為什麼你會在這裡。請你繼續努力，破解我提出的挑戰，證明自己是個有價值的逃脫大師見習生；到那時候，我會向你揭露我的終極祕密！

在那之前……願你的每次逃脫都精彩無比！

伊弗洛・切里胥韋斯，
人人崇拜的逃脫大師

逃脫大師檔案

世界船艦大賞

1912年4月號

鐵達尼號的基本格局——
這是人類目前製造最雄偉的海上移動城堡！

這艘號稱「永不沉沒」的皇家郵輪，是當時全世界最大的海上船艦。由白星航運公司委託貝爾法斯特．哈蘭德與沃爾夫造船廠建造，在1909年於北愛爾蘭的貝爾法斯特港動工。因為當時的造船廠從沒有建造過這麼巨大的船隻，哈蘭德與沃爾夫造船廠必須先拆除原有的三座造船臺，才有足夠的空間打造鐵達尼號。

鐵達尼號共有10層甲板，其中的8層甲板供不同艙等的乘客使用。頂層甲板上配置有16組吊艇架，每組能夠承載4艘救生艇；也就是說，如果把救生艇滿載到64艘，在事故發生時，這些救生艇足夠讓四千人撤離鐵達尼號。

然而依照當時的規定，鐵達尼號只需要攜帶16艘以上的救生艇就符合法規（而鐵達尼號後來裝載的救生艇是20艘），因此導致1514人在這場災難中喪生。也因為這場悲劇，世界各國更加重視航海安全，也對海事相關法規進行了許多改善措施。

關鍵決定雜誌

想活下去，要往右邊走？還是往左邊走？

鐵達尼號主樓梯的平臺上有門可以通往外面的甲板。其中一個門口在右邊，另一個則在左邊。1912年4月14日晚上，對有些乘客來說，選擇走哪一邊決定了這艘船沉沒時，他們是否能逃出去。

當時的二副查爾斯．萊托勒在左舷負責引導大家登上數量有限的救生艇。他非常嚴格的執行「婦孺優先」的規定，所以男人一概不准登船。他甚至試圖阻擋13歲的約翰．萊爾森，不准他跟母親一起上船。（在那個年代，12歲的孩子已經可以離開學校去找工作；因此萊托勒主張，就這點來看，約翰算是男人。）幸好，萊托勒最後還是讓他上船了。

當晚在鐵達尼號的右舷，則是由大副威廉．莫朵克負責引導大家登上救生艇。他同樣遵守婦孺優先的規定，但是他的作法比較有彈性——沒有婦女或孩子在等救生艇時，他就會讓男人上船。所以就生存機會來說，往右舷走可能是比較好的選擇。

偷渡客？

嗯……有人說：「不可能！」

鐵達尼號上到底有沒有偷渡客？我們可能永遠都無法確定，不過，很多人認為絕對沒有。他們強調，救援船上的工作人員和美國移民官都有拿到所有的乘客與船員名單，並且對照過鐵達尼號所有生還者的名字。

但也有人說，要逃過那些檢查關卡也不是完全不可能……也許在那個致命的夜晚，船上確實有偷渡客，只是後來不幸在事故中隨著沉船罹難了；所以，他們當然沒有獲得救援、也沒有人核對身分。

安維萬事通信箱

親愛的安維先生：

請問您，便便甲板（poop deck）這個名稱是怎麼來的？

來自美國哥倫布市的好奇鬼

親愛的好奇鬼：

這個名稱的起源可能跟你想的不太一樣！便便甲板通常位於船尾（又稱為「艉樓」）。有些人說這個名稱來自船尾的法文「la poupe」（發音類似poop）；而這個名詞其實源自於拉丁文的「puppis」，意思就是船隻或船尾。

希望有解開你的疑惑，祝好。

安維

誠徵專業人士！

你是優秀的海洋郵務士嗎？那麼，我們有個工作要給你！白星航運公司正在尋找世界上最能幹的五位海洋郵務士，到最奢華的船艦上服務——你將能見識到嶄新的皇家郵輪鐵達尼號。如果你能力足夠，我們會支付你美金1000元的年薪！此外，你的三餐都是免費的；我們甚至會提供津貼，讓你在等候回程航班時，用來支付在紐約港口的住宿費用。

災難的關鍵

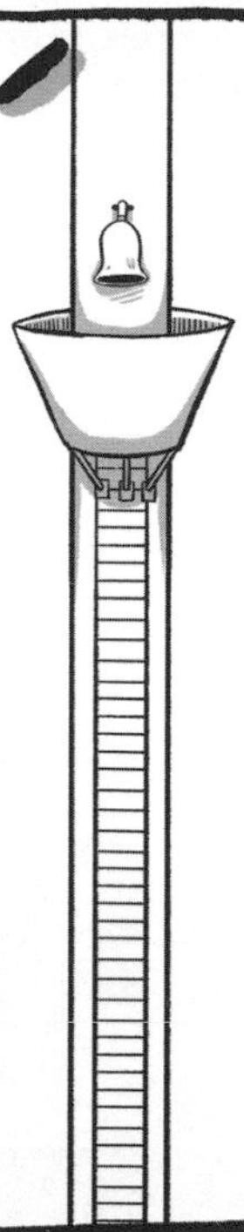

鐵達尼號上有兩位瞭望員，他們的工作是用肉眼掃視海平面，看看有沒有任何危險。佛瑞德·弗力特就是其中一位；弗力特後來說，如果瞭望員能夠用望遠鏡來看海面，或許能更早發現航行路線上有冰山，也就能夠及早通知指揮駕駛室，讓鐵達尼號有更多時間避開冰山……而不是迎頭撞上。

讓這起事故更添戲劇性轉折的是，桅杆瞭望臺裡其實有一副望遠鏡，可是緊緊鎖在儲物櫃裡，而櫃子的鑰匙並不在船上。就在鐵達尼號正準備啟航時，航運公司將二副大衛·布萊爾從船員名單上撤除。他走下鐵達尼號的時候，不小心把鑰匙也帶走了！

馬桶時報雜誌

自動沖水，完全不需要您動手！

令人興奮的好消息——鐵達尼號上，有些馬桶會自動沖水，可是只有三等艙才有。為什麼？很多人認為，那是因為三等艙乘客也許較習慣使用夜壺或屋外廁所（那裡當然沒有自來水）。所以不熟悉室內的沖水系統，當然更不可能知道只要按下按鈕，馬桶就可以沖水！

歡迎蒞臨

鐵達尼號狗狗走秀表演賽

說來遺憾，這場為
船上的12隻狗舉辦
的盛事並沒有舉行。
很多人相信，這場
活動原本安排在4月
15日，也就是鐵達
尼號沉沒的那天。

逃脫大師的自我提醒：

一定要肯定一下在鐵達尼號上服務的二副查爾斯·萊托勒！在船員的逃脫路線中，接近尾聲時發生的驚險事件——包括因為強大的水壓造成的吸力而撞上金屬網篩，還有差點被斷裂的巨大煙囪砸到……萊托勒全都經歷過！

傳奇音樂人物側寫

華勒斯・哈特利與他的五重奏！

哈特利先生帶領一個五人樂團在鐵達尼號上工作。在鐵達尼號撞上冰山後，他們仍然繼續為乘客演奏；當船艙進水、乘客開始倉皇逃生時，他們演奏的音樂撫慰了許多陷入恐慌的人們。剛開始，這支樂團在頭等艙大廳演奏，但他們很快就移到靠近主樓梯的郵輪甲板上。就算鐵達尼號沉到水面以下，他們還是沒有停止演奏，最後全都不幸罹難。

後來生還的一位二等艙乘客說：「那一晚發生了許多勇敢無畏的事情，但沒有人比那些隨著船隻緩緩沉沒仍在繼續演奏的人們更勇敢。他們演奏的音樂就如不朽的安魂曲一樣，他們有權名垂青史。」

這支五重奏樂團的成員除了身兼團長及指揮的小提琴手哈特利，還有鋼琴手威廉·布萊利、大提琴手羅傑·馬利·貝克斯等人；此外，船上還有一支三重奏樂團。這些樂手全都是二十到三十多歲的年輕人，每個人都勇敢的堅守崗位，直到最後一刻。

徵助手！非誠勿擾

如果你想一個月賺美金30塊以下、不介意弄得髒兮兮，願意比船上的任何人花更多體力工作，那麼就來鐵達尼號上擔任扒炭工吧！

你將位居社會和工作階層的最底層，別人休假的時候，你很有可能還要上工。你的工作是不斷剷起並平均分配一堆堆笨重的煤炭，還要把那些煤堆扒得整整齊齊（那就是這份工作叫扒炭工的原因）。

你的老闆可能也會要求你去幫機械去除油汙、將輪機室甲板的鋼板下方空間上漆——凡是他能想得到的骯髒工作都要做！所以你覺得如何？想做這份工作嗎？

關於那場火：你知道嗎？

就在鐵達尼號離開南安普敦港，正式啟航的大約三星期之前，船上莫名的發生煤炭大火；這場火直到整艘船沉入海中，都沒有熄滅。有些專家相信，鐵達尼號的業主知道在6號鍋爐室隔壁、一座三層樓高的煤倉裡有火災，但他們決定什麼都不說，因為鐵達尼號的處女航如果延期，會讓他們多花很多錢。

後來對鐵達尼號事故原因的許多研究，陸續發現進一步的證據，讓專家相信除了冰山，這場大火很有可能也是導致沉船的主要原因——由於大火持續對船體加溫，讓位於鐵達尼號中心的鍋爐和煤倉附近的鋼鐵溫度高達攝氏1000度以上，這樣的高溫會讓鋼鐵的強度降低四分之三，才會在撞擊冰山後，輕易出現裂縫，迅速讓海水灌進船艙裡。

這項推測的關鍵證據來自一本塵封了很久的相簿，裡頭有許多關於鐵達尼號的建造過程、下水典禮與首航之前的照片，是由造船公司的工程主任拍攝的。在鐵達尼號沉沒了一個多世紀後，有人發現其中一張照片顯示在船體右舷處，有一道長約10公尺的斜長型黑色痕跡，應該是火災造成的，而且幾乎就在冰山劃破船殼的位置……不過，這些都只是推測，還需要更多證據才能證實。

鐵達尼號上的無名英雄

鐵達尼號淹水時，很多船員都留在下層甲板，努力用幫浦抽水、維持供電系統的運轉。多虧他們這麼勇敢，鐵達尼號上的一萬顆燈泡才能持續亮到船沉沒前的幾分鐘——當時幾乎所有的救生艇都已經降到海面上，讓許多乘客能成功逃生。

海上工作職涯指導

給那些正在思考，自己是否該接下專門為頭等艙乘客服務這份工作的雜役員，請記住這一點：頭等艙乘客想要得到最高等級的服務；畢竟，他們的船票可能高達美金4350元（這個金額相當於鐵達尼號上的一般服務生薪水的四百倍以上）。還有，這些乘客雖然是全球最富裕的一群人，但並不表示他們會是小費給得最慷慨的人。

※這個金額大約是現在的美金10萬元！

困住了嗎？這裡有謎題解答

第 10 頁：　要寫在行李箱上的字母是 C。

第 18 頁：　遺失的字母是ICEBERGS，這是英文的「冰山」。

第 57 頁：　音符#1有6個，音符#2有2個。所以要翻到第62頁。

第 69 頁：　畫出來的路徑像是1和2的形狀。所以接下來要前往第112頁。

第 73 頁：　雙胞胎的字畫謎——

蜘蛛網的英文是WEB；-B的意思是去掉B。

螞蟻的英文是ANT；前面加上W變成WANT。

數字2的英文是TWO；可以聯想到發音相同的TO。

蜜蜂的英文是BEE；可以聯想到發音相同的BE。

兩個帶著廚師帽的小孩；廚師（複數）的英文是CHEFS。

最後一張圖是美國國旗；美國的英文是AMERICA。

因此，謎底是英文：

We want to be chefs in America，意思是「我們想到美國當廚師」。

第 93 頁：　雙胞胎的字畫謎——

眼睛的英文是EYE；可以聯想到發音相同的I。

肉的英文是MEAT；可以聯想到發音相同的MEET。

向上的箭號，代表英文的UP。

小船的圖代表救生艇，英文是BOAT。

一顆愛心，代表英文的LOVE。

因此，字條上的訊息是：

I WILL MEET YOU UP ON THE BOAT DECK. LOVE, DAD。意思是「我到救生艇甲板上跟你碰面，愛你的爸爸」。

第 96 頁：　依照指示摺起頁面後，出現的訊息是：請往頁碼169。

第129頁：　要寫在行李上的字母是 F 。

第163頁：　通過的數字分別是1、6、4，

所以要翻到第164頁。

第104頁：

史密斯船長說：
這封無線電報是個警告，
我們即將進入有冰山的區域，
必須將船速減慢才安全！

伊斯梅先生說：
我不想聽，
維持船的速度！

第134頁：

第145頁：

T S R U R N Y
N H T E U H O
E O U M T P U
A V B G G A E
R E H T A F W
R D J U M P S

TURN THE PAGE
____ ___ ____

（意思是：翻到下一頁。）

第167頁：

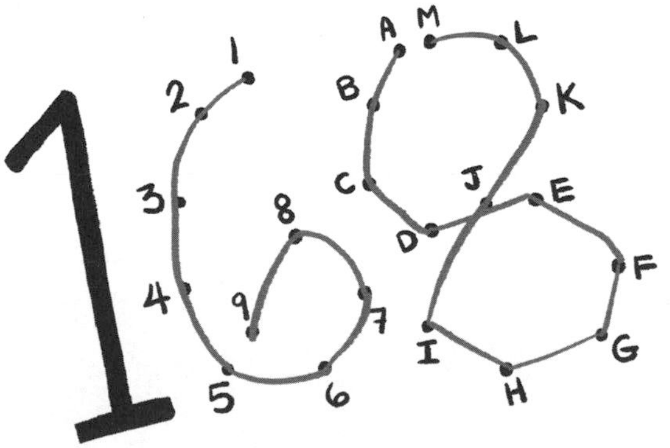

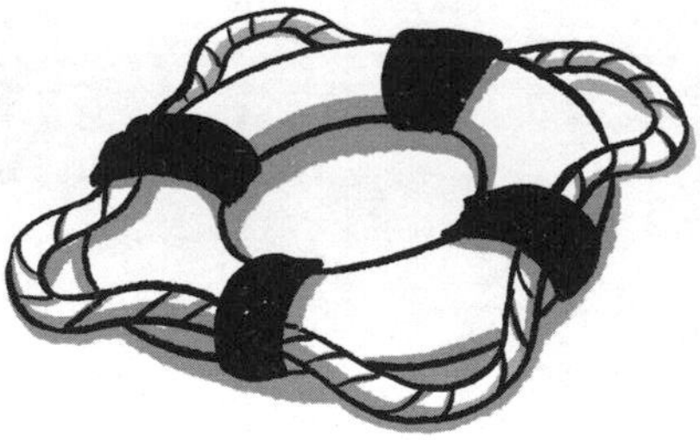